レジェンド
ノベ
END
ELS

もぐら少女のダンジョン攻略記

contents

レジェンドノベルス
LEGEND NOVELS

もぐら少女のダンジョン攻略記

1.　エミカ・キングモールは今日も穴を掘る。

掘る。
掘る。
掘る。
穴を掘る――

シャベルで土を掻(か)きわけ、横穴を、奥へ奥へ。
モグラのように、ただ、掘り進める。
一心不乱で、自動的に。
あるいは無心で、無意識的に。
掘る。
掘る。
掘る。
それは、昨日も一昨日も繰り返した作業。
そして、明日も明後日(あさって)も繰り返す作業。

ダンジョン地下一階層での穴掘り。

私、エミカ・キングモールは、今日も、掘って掘って、掘りまくってる。

――キラリ。

作業を続けていると、不意に小さな瞬き。

頭の光石の灯りが何かに反射した。

「おっ、これはでかい！」

ていねいに両手で土を払い、埋まっていた小石ほどの大きさのそれをつかんだ。薄っすらと青いガラス片。手のひらに置くと、内包された魔力の熱をわずかに感じることができる。

それは〝魔石クズ〟と呼ばれる魔石のなりそこないだった。

「いえーい、今日イチのお宝げっとー！」

私は腰に下げた布袋に魔石クズを収めると、本日の収穫分をざっと計算した。

「うーん。ま、最近にしては上出来かぁ……」

ダンジョン地下一階層での魔石クズ集め。朝から晩まで、ほぼぶっとおしの仕事。さすがに、もうおなかもペコペコだった。

「よし、今日はおしまい！　エミカ・キングモールこれより帰還します！」

今日一日で掘り進めた横穴を這い出ると、仕事終わりの妙なテンションの私は鼻歌まじりで地上に向かった。

このまま家に帰り、お風呂に入り、ご飯を食べ、眠る。そして翌朝からまたダンジョンにこもり、穴を掘る。それが母親が亡くなった十歳の頃より四年間、私が一日も欠かすことなく続けてきたサイクルだった。

四年。

そう、四年だ。

四年間の長きに亘り、私は地下一階層のあらゆる場所で横穴を掘り、魔石クズの収集を行なってきた。

おそらく、それが原因なんだと思う。

最初の頃と比べて、明らかに魔石クズの採れる量が減ってきているのは。

「やっぱ、そろそろマジメに考えてかないと……」

ダンジョンの下層に行けば行くほど、良質な魔石クズが採れると聞く。それなら地下二階層や三階層にでも下りて採掘場所を替えるべきなんだと思う。

ダンジョン地下、深く深く。

ためしに、そんな場所で自分が穴を掘ってる姿を想像してみた。

「…………」

うん、無理。

マジ無理。

頭を過ぎったのは、四年前のできごと。それは自分が初心者だった頃に植えつけられた恐怖。

そもそもいっちょまえの冒険者を気取り、登録初日にもかかわらず単独で地下二階層にまで足を延ばしたのが間違いだった。結果、洗礼としてミニゴブリンの群れに襲われた私は逃げ惑い、そして泣き喚(わめ)いた。

『ぴぎゃおあぁぁぁああああーーー‼』

『うふふ。あの子、はしゃいじゃってかわいいわね』

『ありゃー見るからに新参だなぁ』

『てか最弱のミニゴブリン集めて何やってんだ』

『魔物飼い(モンスター・テイム)の練習でもするつもりかね?』

『初めてのダンジョンで舞い上がってんだろ。そっとしといてやれ』

『あ、転んだぞ』

通りすがりの大人の冒険者たちは最初私がふざけて遊んでいるものだと勘違いしたらしい。

結局、彼らが「あれマジでやられてねぇか?」と救出に動いてくれたのは、豪快にずっこけた私がミニゴブリンの群れに取り囲まれ、何度も何度も足蹴にされたあとだった。

『うわぁぁあああーん、もうおウチ帰るぅぅう〜‼』

トラウマとなったその一件以来、私のダンジョンの活動可能領域は地下一階層限定となってしまった。

「今日は地下の十一階層でボス狩りな!」

「えー、九階層でリザードマン狩ったほうが効率いいじゃん」

「ばっかやろ、お前!　レアドロップ狙いで一攫千金(いっかくせんきん)のが夢あんだろ!」

「「「ワハハハッ！」」」

「…………」

地上に繋（つな）がる出口の近く、わいわい騒ぐ男女の集団とすれ違った。

全身に煌（きら）びやかな装備を身にまとったパーティーだ。防具は土で汚れたオーバーオールと長靴。そして武器はシャベルという私の出で立（いで た）ちとは大違い。まさに、これぞ冒険者様一行といった感じ。

「はぁ……」

そのまま地上に繋がる階段を一段一段上がりながら思い出す。

自分にも、大きな夢があったことを。

迷宮攻略者のように、歴史に名を刻む偉大な冒険者になること――

今思えば、なんて愚かな夢だったか。

非力で才能のない私が、強大で凶悪なモンスターたちと戦えるはずもないのに。

十歳で夢を諦めた私は、現実を見た。

二人の妹を養うために必要なもの。それは、夢なんかではなく、堅実な仕事だった。

2. エミカ・キングモールはお金に困ってる。

街の中心から離れた場所にある我が家は、石材を積んだごくごく庶民的な平屋だ。

部屋は、居間と台所と寝室で、合計三つ。ちなみにトイレと風呂は、家の裏手側にある小さな離れの中に備えつけられてる。

「ただいまー」

「おねーちゃん！　おかえりぃぃぃぃいいいいいーー!!」

「あ、ちょ——ぐふっ！」

帰宅すると真っ先に下の妹のリリが出迎えてくれた。てか、完全に体当たりでみぞおちに突っこんできた。キラキラと輝く金髪と、トレードマークの大きな赤いリボンが眼下で揺れる。

「こらこら……汚れるっていつも言ってるでしょ？」

「えへへ、まだおふろはいってなーい！　だからだいじょぶー！」

汚れたオーバーオールの胸元に、平気で頬をすりつけてくるリリ。あー、いわんこっちゃない。

両頬とも土で汚れちゃってるよ。

「エミ姉、おかえり」

リリの顔を拭いてやってると、台所からシホルが出てきた。私と同様に紅蓮(ぐれん)のハデな色の髪をした上の妹は、すぐに家の裏手を指して言った。

「お風呂、リリと一緒に入ってきちゃって」

「あいよー」

「えー！」

　そのままタオルと着替えを持ち、裏手の出口から離れへ。嫌がるリリの服を脱がし、嫌がるリリの身体をすみずみまで洗う。

　おお、暴れおる暴れおる……。

「はい。次、頭ね」

「やーだぁ～!!」

「せっかくきれいな金髪なのにもったいないでしょー？」

　泡立てた洗髪剤で優しく洗ったあと、タンクの水ですすぐ。冬場であれば炎岩で温めたお湯を使うけど、今は暖かい春先だ。水でも風邪を引く心配なし。

　リリを洗い終えて、自分の身体もすみずみまで汚れを落としてきれいさっぱり。キングモール家のモットーは『清潔第一』です。

「はーい、フキフキしますよ～」

「がるるぅうー!!」

　すっかり機嫌をそこねて、なんだか野生化してしまったリリと離れを出る。

　居間に戻ると、テーブルに晩ご飯が並べられていた。

メインは、川魚と野菜のミルクシチュー。

シホルの得意料理の一つで私の大好物だ。魚の骨と野菜クズで取ったスープがベースになってて、一口食べただけで深い旨(うま)みが舌の上いっぱいに広がる。

「うまい！　シホルまた腕を上げたね！」

「そういえば、こないだユイさんにスキルチェックしてもらったら〝料理(クッキング)〈Lv．4〉〟だって言われたよ」

「〈Lv．4〉!?　十二歳でそれはすごいよ！　宮廷料理人も夢じゃないかもだ!!」

「ははっ、私はそういうのはいいや」

「えー！　せっかく才能があるのにもったいない！」

「夢も仕事も普通が一番だよ、エミ姉。あ、それより今日ね、教会で野菜をわけてもらえたんだけど——」

晩ご飯に舌鼓を打ちながらそうやってしばし談笑を続けてると、やがてリリがスプーンを手にしたままウトウトしはじめた。どうやらおなかがふくれて眠くなっちゃったみたい。寝室に運ぶため、私はまどろむ下の妹を抱きかかえた。

「あれ、なんか重い……」

リリって、こんな重かったっけ？　いやー、日に日に大きくなってるんだね。妹の成長を感じて、なんかしみじみ。

「すー、すー……」

「おやすみ」

お日さまの匂いがするふわふわのタオルケットをかけてあげると、リリは眠りに落ちていった。

「エミ姉、今日も一日お疲れさま」

居間に戻ると、シホルが温かい紅茶とベリージャムを用意してくれていた。ありがたくティーカップを口元に運び、味わう。

「はへー」

心が休まるひと時。まさに、至福の時間。

だけど、そんなやすらぎは長くは続かなかった。

——ドンドン！

不意に玄関から響いてきたのは、強めのノックだった。

「こんな夜中にお客さんなんて、珍しいね」

「あー、私が出るからいいよ」

席を立とうとした妹を制し、扉に向かう。

どちら様ですか、と問う前にこちらの気配を感じたのか、外から「あたしじゃ！」と反応あり。

聞き覚えのある、しわがれた女性の声音。それはこの貸家の持ち主である大家さんの声だった。

あ、まずい。

これは心の準備がいるやつだ。

なんの用件かは、扉を開ける前からわかっていた。

「すーはー、すーはー……」

たっぷり何度も深呼吸して、精神を統一。

よし、準備完了。いざ参る！

——ガチャ。

「ええい、遅いっ！　起きてるんならさっさと開けんか!!」

「こ、これはこれは！」

とりあえず先手必勝。大家さんを野外に押しやり、すばやく後ろ手に扉を閉めておく。

「いやぁ、実にいい夜ですねー。月もあんなに輝いてる」

「何がいい夜じゃ！　ナチュラルに外へ追い出しおって！　茶の一杯も出さんつもりか!?」

「いやいやいや、勘弁してください。こんな話、妹たちに聞かれたくないですし……」

「あたしだってね！　こんな催促したかないよ、まったくぅ！」

家から少し離れて、道ばたへ移動。

大家さんは口は悪いけど、こっちの立場も考えてくれる人だ。こういうところはなんだかんだで簡単に引いてくれる。

「で？」

「……で？　と、おっしゃいますと？」

「滞納してる家賃の件に決まっちょろうが！　今日こそは払ってもらえるんだろうね!?」

「あ、ええっと……こ、今月分だけでしたら、なんとか……」

「ほおぅ、それは珍妙な話だぁ！　この前あんたと交わした約束は『滞納した三ヵ月分、きっちり耳をそろえて払う』だったはずじゃ‼」

「うぐっ……お、お願いします、大家さん！　もう少しだけ、もう少しだけ待ってください‼」

「あんたねぇ、それ何度目だい？　こっちにだって生活ってもんがあるんだ、これ以上は待てん！」

「絶対に払いますからこのとおりです！　お願いします、大家さんっ‼」

平身低頭。

地面に膝をついて、お願いする。

今までならこれで「なんとかの顔も三度までだよ！」とか言って許してくれる流れになってた。

でも、今夜は大家さんも本気だったらしい。

「ダメだね！　払えないってんなら出ていってもらう他ないよ‼」

「えぞっー！　そ、そんなぁ～～‼」

「……だがね、あたしも別に鬼ってわけじゃない。それと生前、あんたらの母親から頼まれたってのもある。だから最後のチャンスをやろう。一週間……あと一週間だ。それだけは待ってやる！」

「一週間っ⁉」

「ああ、そうだよ。それで金を用意できないなら問答無用で追い出すから覚悟しときなっ‼」

「一週間なんてそんなの無理に決ま――」

「あぁ～ん⁉　なんだってぇ⁉」

「ひっ！」

「いいかい？　あたしはたしかに伝えたよ⁉　わがっだがいっ⁉」

「はひー‼」

あ、ヤバ。

あまりにもすさまじい剣幕なもんで、つい返事しちゃった……。

――ギロッ！

鬼の形相の大家さんは最後にひと睨みの威嚇をすると、そのまま背を向けて大股でドシドシと帰っていった。

「あはは……」

うふふ。

一週間で家賃三ヵ月分稼げですってよ、奥さん。

「ど、どうしよう……」

トボトボ家に戻ると、不安げな眼差しのシホルからいくつか質問を受けたけど、私はそれらをすべて空元気でごまかした。

「大丈夫……？　大家さん、なんかすごく怒ってなかった？」

「あはは、そぉ～？　普段からあの人、あんな感じじゃ～ん♪」

それでも、マジでお尻に火が点いたのは紛れもない事実だった。はて、ほんとにどうしたらよいものか……。

3.　エミカ・キングモールは幼なじみに頼る。

一週間という短い期間では、どれだけ魔石クズ収集をがんばっても家賃三ヵ月分の金額を稼ぐのは不可能だった。

なので翌朝、目覚めた私はいつものようにダンジョンには行かず、別の場所へ向かった。

――〝冒険者ギルド・アリスバレー支店〟――

入口の真上にある立派な看板を見上げて、中に進むと、ずらりと並んだ受付窓口が私を出迎える。早朝のため、まだギルド内は閑散としていた。冒険者という人種は、大概が夜は酒場でどんちゃん騒ぎが基本だ。朝からまじめに働くような輩（やから）は少ない。

「あ、いた！」

左から二番目の受付だった。

黒髪に、赤い縁のメガネ。その幼なじみの姿を発見した私は、犬のように窓口へと駆けた。

「うわ～ん、ユイー‼」

「お客様、順番に対応しております。列に並んで静かにお待ちください」

「ええっ！　客、私しかいないよ⁉」

「はぁ……朝っぱらから何よ？　というか、あなたがこんな時間にギルドにくるなんて珍しいわね。穴掘りはどうしたのよ？」

「それが緊急事態なんだ！　報酬の高い仕事紹介して‼」

「報酬の高い仕事って……やだ、借金でもこさえたの？　本当に困ってるなら、少しぐらいは工面してあげられるけど……」

「マジ⁉　じゃあ五十万マネン貸して‼」

「——ご、五十万⁉」

「うん、五十万‼」

「…………」

「ん？　どうしたの、いきなり立ち上がって？」

「お、お……」

「お？」

「お・ま・え・は・ア・ホ・かぁー‼」

——ビシーンッ‼

「ぎゃあー‼」

受付越しから見事な脳天チョップが炸裂した。

「まったく！　あなたは朝っぱらからふざけたことを！」

「ふえぇ、痛いぃー！」

「何があったの⁉　怒らないから事情を話しなさい‼」

「ふぁ、ふあぁい……」

生活が厳しく家賃を三ヵ月分滞納してたこと。そして、昨夜大家さんから最後通告を受けたことを私は説明した。

「って、わけなんだけども……ん？　ユイ？」

「…………」

――ビシーンッ!!

「ぎゃあー!!」

再び強烈な脳天チョップが炸裂。

「うわあぁぁ～ん、怒らないって言ったから素直に話したのにー!!」

「黙りなさい！　というかお金に困っていたのならなんでもっと早い段階で相談しにこなかったのよ!?」

「だ、だってぇ～！　穴掘ることぐらいしか私できないし、妹たちにも余計な心配かけさせたくなかったからぁ！　う、ううっー!!」

「はぁ……、もういい。あなたの切迫した状況は理解したわ。でき得るかぎりだけど、仕事を探すの手伝ってあげる。だからもう泣くのはよしなさいよ」

「うわー！　ありがとぉ、ユイ～!!」

「泣いたり笑ったりコロコロと、あなたって本当に器用よね……。それで、仕事について何か要望はある？」

基本的に希望は三つだった。

一つ、私にもできる仕事であること。

一つ、一気に稼げる仕事であること。

一つ、上記二つの条件を満たした上で、ダンジョン外の仕事ならばなおよし。

「最初の二つも厳しいけど、最後のはもっと厳しいわよ……」

「なんで？」

「あなた、冒険者としての階級は？」

「木級（ウッドクラス）ですが、何か？」

「外の仕事ってのは基本、上級冒険者向けの案件でね、大抵高い条件がつくものなのよ。銀級（シルバークラス）以上とか、金級（ゴールドクラス）以上とかね。〝最低ランクでもＯＫ〟なんて案件はまずないわ」

「そうなんだ……」

冒険者は登録後二週間は例外なく、初心者（ニュービー）としての期間が設けられ、その後、木級（ウッドクラス）のランクが付与される。そして、活躍が認められれば、木級（ウッドクラス）⇓石級（ストーンクラス）⇓鉛級（レッドクラス）といった感じに、ランクを上げていくことが可能だ。

だが悲しいことに、冒険者になってから四年間、ほぼ穴掘りしかしていない私にとってそれは完全に無縁な制度だった。

「外の仕事は諦めるしかないか……」

「そうね。ねえ、そういえばあなた〝基本能力値〟って最近測った？」

「えっと、三年ぐらい前だっけ？　ユイの練習台になったじゃん？　あれ以来、測ってないと思う」

「それじゃ測ってみましょうか」

それも依頼を受ける指針の一つになるというので、私は素直に従った。

「少し、じっとしていて」

ユイは左手で私の腕をつかむと、〝生物解析（アナライズ）〟のスキルを発動させた。同時に、〝念写（ソートグラフィー）〟のスキルを使い、空いている右手で用紙の表面をなぞっていく。スキルを発動してから、ものの数秒（セカンド）だった。受付の上の小さな紙に私の基本能力値が写し出された。

腕力：F（15）
体力：F（10）
魔力：F（3）
気力：A（97）
知性：E（20）
俊敏性：F（18）
幸運：D（49）

「相変わらず、キモ——個性的なステータスね」

「今、キモいって言いかけなかった？　言いかけたよね……？」

「というか、なんであなたこんなに気力が高いの？　以前測ったときも高かった記憶はあるけど、A判定なんて……」

「四年間、休まず穴掘りをした成果かな？」

「……そうね、きっとそれね。気力は何か特定の行動を繰り返していると上昇しやすいって聞いたことがあるわ。でも、残念だけど、気力だけ高くてもね。アリスバレーで我慢大会でもあれば優勝でしょうけど」

「そっかぁ……」

あーあ、どうせなら幸運がA判定なら良かったのに。それなら賭け事で一攫千金も夢じゃなかったはず。あとギャンブラーとか、なんかカッコイイし。

「知ってるとは思うけど、賭博は十六歳未満はご法度よ」

「え？　あ、はい……」

この幼なじみ、たまに人の心を勝手に読んでくるからイヤだ。何？　そういうスキルでもあるの？

「邪念が顔に出るのよ。あなたの場合はね」

「…………」

また読まれた。

「しかし、ある程度予想はしていたけど困ったわね。ランクは最低で、能力値は実用的じゃない。これじゃあ依頼をこなす上で二重苦よ」

「『根性ならあります！』で、なんとかならない？」

「ならないわよ……。気の利いたスキルの一つでもあれば、また話は変わるけど」

「んー、スキルも色々習ってはみたんだけどねー。まともに習得できたのは〝投石〟とか〝鉱石鑑定〟ぐらいで……あっ、そういえばこないだスキルチェックしたら〝穴掘り〟は〈Lv．7〉まで伸びてた」

「は？〈Lv．7〉って、それ本当に……？　そこまで〝穴掘り〟スキルを高めた人、世界であなたが初めてなんじゃ……？」

「えへへ♪」

「いや、まったくほめてないから誇らしげな顔しないで頂戴。なんだか、頭が痛いわ……」

スキルを〈Lv．1〉にして習得するのも、かなりの根気が必要だ。

その上、そこからレベルを一つ上げるのにも、才能がなければ莫大な時間と労力をかけることになる。長ければ一年、運が悪ければ三年。たとえ、それ一つに没頭したとしてもだ。

「その労力を少しでも、剣術や魔術に傾けようとは思わなかったわけ？」

「でも、私に穴掘り勧めたのユイじゃん」

「それは……あなたが地下一階層だけで稼ぐ方法はないかって、泣きながら相談してきたからでしょう？　こっちだってまさかあそこから四年間も、あなたが穴掘りだけを続けるとは微塵も想像していなかったわよ」

「……ぅー」

そう言われてしまうと返す言葉もなかったので、小さく唸るしかなかった。ま、どっちにしろ剣術や魔術なんて私には習得できなかっただろうし、どうあがいても未来は変わらなかっただろうけど。

「うーん。しかし、本当に参ったなぁ」

冒険者ランク・基本能力値・スキル。これで、ものの見事に三重苦だ。なんか私って本当にダメな人間なんだなーって、あらためて思っちゃうよ。

「どうすればいいのかな？　もう人生、王子様から求婚を受けることぐらいしか逆転の目が思いつかない」

「その可能性は極めて低いどころかゼロだから、さっさと除外なさい……。ん、王子様？　あ、そういえば――――！」

私の言葉に何か引っかかる点があったらしい。ユイは窓口から出てくると、左手の壁側に向かって歩いていった。私も、慌ててその後を追う。やがてたどりついた先は、ギルド掲示板の前だった。

「あった、これだわ」

貼り出されている、たくさんの走り書きのメモ。ユイはその一枚をつかみ取ると、ぴらりと私の前に差し出した。

『ダンジョンの地質調査において助手を募集中。報酬は能力により応相談。その他不明な点は、王都地質学研究院所属コロナ・ファンダインまで――』

「珍しく王都の関係機関からの依頼だったってのもあって、頭の片隅に残ってたのだけど、これランクや能力の指定条件もないわ」

「……ダンジョンの地質調査？」

「具体的にどういう仕事かまではわからないけど、地質調査って言うなら穴ぐらいは掘るでしょうね」

「おおっ！　それって、つまり⁉」

「ええ。この依頼なら、あなたでも受けられるかもしれない」

4. エミカ・キングモールは根性で押し切る。

当たって砕けろ、女は度胸だ――！

というわけで、私はユイに取り次ぎを頼んだ。面会場所はギルド内に併設された酒場の一席。そわそわ落ち着きなく待ってると、やがて依頼主はやってきた。

「君が、エミカ・キングモールか」

ふわふわの桃色の髪。純白のマントと、スカートのついた白銀の鎧。その姿はあまりに神々しく、目が眩むほどにキラキラと輝いていた。

「あ……」

一瞬見蕩れたあと、私の緊張の針は一気に振り切れた。

「は、はひ！　そうでごぜぇます‼」

「すまない、早朝に連絡をもらったのに。かなり待たせてしまっただろ？」

「いえ、めっそうもありません！　こちらこそ急にお呼び立てして申しわけございません‼」

「はっは、そんなに畏まらないでくれ。私はコロナ・ファンダイン。コロナで構わない。本日はよろしく頼む」

「はい！　こちらこそよろしくお願いします、コロナさん！」

依頼主は若い女性にもかかわらず、とても紳士的な話し方をする人だった。槍使いのパラディンである彼女の軽い自己紹介のあと面談はすぐにはじまった。

「ファンダインさん、私も同席してよろしいですか？」

最初の簡単な質問に答えてると、なぜか受付からユイがやってきた。

「……仕事はいいの？（小声）」

「あまりにもあなたがオタオタしてるもんだから、気になって手につかないのよ」

どうやら見かねたらしい。でも、ここは素直に感謝しておこう。持つべきものは困ったときの幼なじみだ。

「ダンジョンの地質調査というのは、具体的にはどのようなお仕事なんでしょうか？」

なんかさっそく話進めてくれてるし。ありがたや、ありがたや。

「一言でいえば、まあ……簡単な仕事だね。色々な場所の土や岩石を掘ってサンプルを回収。そしてそれを持ち帰って調べる。ダンジョン内だろうが基本的に外の地質調査と変わらないと思ってくれていい。大きな違いがあるとすれば、ダンジョンは縦穴を掘ることができないからね。必然的に一層一層、それぞれの階層で横穴を掘っていくことになる」

アリスバレーのダンジョンに限らず、世界に点在するすべてのダンジョンの外層は、たとえどんな方法を使ったとしても、破壊はおろか傷をつけることすら不可能だと言われてる。ダンジョンの内外をわける赤黒いブロック壁。それと地下の階層を隔てる地面（天井）は、同様の素材で造られている。

つまり壁を壊して外に出ることも、穴を掘って下の階層に飛び降りることも、ダンジョンの内部では不可能というわけ。

ふふ、毎日穴掘りしてる私からしたら常識も常識。

ま、横穴掘ってて初めて赤黒い外層にぶち当たったときは、新しい鉱石を発掘したと思いこんでぬか喜びしちゃったけど……。

「依頼において特に必須となるスキルはない。こちらからの条件は〝自分の身を自分で守れるだけの力がある〟といったところだ」

「「…………」」

「ん？」

「あの、これ……この子の基本能力値です」

「え？　ああ……な、なるほど……」

先ほど〝念写(ソートグラフィー)〟で書き起こされた私の数値。それが記載された用紙をユイから手渡されると、コロナさんは急に口を噤(つぐ)んでしまった。

「…………」

絶句からの沈黙。この流れはまずい。こうなったら覚悟の上の特攻だ。流れを変えるため、私は蛮勇も承知で自己アピールに打って出た。

「こ、根性はあります！」

「そのようだ……」

あ、苦笑いされちゃった。

なんかもうダメかも。

「一応この子、スキルとしては〝穴掘り〟が〈Lv・7〉なんですが、地質調査のお役に立ちませんか？」

「え、〈Lv・7〉⁉　あ、〝穴掘り〟が⁉」

あれ？　なんかめちゃくちゃ驚いてらっしゃる。大きな瞳がぱちくりで、口もあんぐり。

やっぱ〝穴掘り〟の〈Lv・7〉ってすごいのかな？　いや、もしかしたら、ヤバいの……？

「いや、失礼した……。それはたしかに、通常では立ち入れないダンジョンの奥深くまで調査できそうではあるが……」

「何卒(なにとぞ)、気力のA判定も評価していただければと思います」

「根性はあります‼」

「それ以外はまったくのゴミステータスですが、どうかお願いします」

「はい！　根性しかありま——え、ゴミ？」

「む、むゔぅ～……」

あ、コロナさん、ついに頭抱えちゃった。ま、そうだよね。王都の関係機関の依頼に、まさかこんな底辺冒険者が応募してくるとは思わないもんね。冷やかしだと怒って帰らない時点で相当にすぐれた人格の持ち主だよ、この人。

「いや、しかし……悪い……。今回は最低でも地下三十五階層まで下りて調査する予定だ。おそらく君のレベルでは最悪の場合――いや、かなり高い確率で生きては戻ってこれないだろう。すまない。今回は縁がなかったということで、頼む……」

「「…………」」

はい、終了。あー、やっぱダメかー。そりゃモンスターの攻撃は根性だけじゃどうにもならないもんね……。

「そうですか。ではしかたありません。エミカ、抜け殻みたいに白んでないで、さっさとファンダインさんにお礼を言いなさい」

「ううっ、ぐすっ……あ、ありがとうごじゃいましたあぁぁっ～～！」

「どうか気を落とさないでくれ……。実は今回の依頼は地域復興という王都政策の一面もかねているんだ。王都の組織が発注した仕事で民間の死者が出てしまうと、政にも影響を及ぼしかねない。そんなわけで、こちらにも慎重にならざるを得ない部分があってね……。本当にすまない」

なるほど、王都政策か。いやよくわからないけど、やっぱ偉い人には色々と立場ってもんがあるんだろうね。

でも、わざわざ謝ってくれるなんてやっぱいい人だなぁ、コロナさん。

「今後の参考のため、最後に一つだけ訊いてもいいか？」

「あ、はい。なんなりと」

「君のようなまだ若い子が、どうして冒険者を？　生活のためならもっと安全な仕事もあると思うが」

若いって、コロナさんもまだ十分若いんじゃ？　まだ十代か、二十そこそこに見えるけど。いや、そりゃね、まだ成人すらしてないぺらい私と、豊満なボディーの持ち主の彼女を比べれば、完全に子供と大人の違いが色々くっきりはっきりだけども。ええ、はい……。

「えっと、まあ早い話、私もう親いないんですよね。四年前に他界しちゃって」

「それは申しわけないことを訊いた」

「いえいえ、いいんですいいんです。私の中ではもうとっくに整理がついてるし、この街じゃ同じような境遇の子も多いですから」

母親が亡くなってから二人の妹を養うためダンジョンで魔石クズ集めをしてたこと。最近になってその収入が減ってしまい家賃が払えなくなってしまったこと。私はそれらをコロナさんに説明した。

「そんなわけで困窮しているというわけでして」

やれやれ、不幸話なんてするもんじゃない。気が重くなるだけだ。マイナスをプラスに変えられるだけの度量が私にあればいいんだけど。

そんなことを頭の片隅で考えながら話し終えて、なんとなく伏し目がちだった視線を上げると、そこで私は驚愕（きょうがく）した。

「う、うぅっ……!!」

コロナさん、泣いてた。しかも涙ぐむとか、そんなレベルじゃない。

号泣。ガチ泣きだった。

「え？」

「………」

確認のため隣を見るも、ユイも私と同じで『何が起こったのかわからーん』といった感じだった。

「あ、あの、コロナさん……？」

「エミカ・キングモール！」

「へ!? あ、はいっ!!」

「き、君は！ そんな歳で、ぞんな苦労をしてぎで……ど、どうしで……ぞんな明るぐ……！ うっ、うぐっ――!!」

「「………」」

うわぁ。私もよく泣くけど、こんなに激しく泣いてる人は初めて見た。てか、最初の紳士的なイメージが崩れちゃってますよ、コロナさん……。

そのあと子供みたいに号泣する彼女を落ち着かせるのに、しばらく時間がかかった。

「いや、すまない。とんでもなく見苦しいところを見せてしまったね……」

「あ、いえいえ……」

なんだかその人の裸よりも見てはいけないものを見てしまったようで、ひどく気まずい。

「その、なんといえばいいか……私は人の不幸話にめっぽう弱くてね。他人事だとは思えなくなってしまう性質なんだ」

「ということは、コロナさんも今までものすごい苦労を？」

「……いや、大変恥ずかしい話、私自身は裕福な家系の生まれでね。幼少期から何一つ不自由しない、豊かな暮らしを送ってきた。だが、だからこその反動だったのだろう。物心がつき、平等ではないこの世の中のありさまを直接目にしたとき、私は自身の無知蒙昧を心の底から恥じた。そして、誓ったんだ。少しでも人々の苦しみを理解できる、存在になろうと。それ以来、困っている人を見ると、まるで自分のことのように感情を重ねてしまってね。それが弱い立場の人ならば尚更に、どうしても放っておけなくなってしまう……。もちろん、それ自体が偽善であることは、私自身も理解しているよ。世界に数多存在する恵まれない人々。そのすべてを救う力でもないかぎり、これがただの自己満足だってことはね」

「…………」

うー。なんか急に難しい話になった。でも、単純に考えて、しない親切よりはする親切のほうが百倍はマシじゃないの？

ま、志が高い人がそれで納得しないのも、なんとなくわかる気はするけど。

「だから、これは私の偽善だ。そう思って割り切ってほしい。前言を撤回しよう。依頼は、やはり君に頼みたい」

「え？　あ、はい。それは、もちろんいいですけど――って、ふぇ⁉　コ、コロナさん！　い、いいい今なんておっしゃいました⁉」

「君の身の上話を聞いて考えを改めた。エミカ・キングモール、今回の助手の件はぜひ君にお願いしたい」

「っ⁉」

大逆転だった。

もちろん断る理由などない。

「こ、こここちらこそお願いしますっ‼」

「しかし、ファンダインさん……先ほどは『高い確率で生きては戻ってこれない』と……」

「その点については私が護衛を雇おう。腕利きが三人もいれば問題はないはずだ」

そのあと、護衛役についてはユイがコネを使って直接冒険者を仲介してくれた。そしてトントン拍子に話は進み、出発は明日早朝に決定。

まさに、順風満帆。

ひゃっほー、この流れは絶対いける！　明日は冒険者人生の新たな幕開けだ‼

しかし、そのときの私はまだ知らなかった。

ダンジョンの、真の恐ろしさというものを。

5.　エミカ・キングモールは冒険に感動する。

地下迷宮（ダンジョン）——それは、地理的にも商業的にも、この街の中心を担う存在。

地中から突き出た地上部分は、高さ百五十フィーメルを超える塔としてそびえ、近隣から集まった商人や旅人たちの観光名所にもなっている。そのため、塔を囲む円形の広場では、お土産や軽食を売る屋台がずらり。朝から晩まで賑（にぎ）わいが絶えることはない。

ある者は生活のため。ある者は道楽のため。ある者は名誉のため。

今日も、明日も、明後日も、冒険者たちは集う。

それが、世界に数多残る未攻略迷宮が一つ。

アリスバレー・ダンジョン——

ちなみにこれまでの最高到達深度は、去年の冬に記録された地下七十七階層だそうな。アリスバレーに古くから伝わる伝説には、〝最終地下六百六十六階層には大山猫（リンクス）の魔物が潜む〟なんて話もあったりするけど、そちらは真実かどうかは不明。

でも、それがほんとだとしたらどんだけ階段下りないといけないんだろうね。ふくらはぎとか、絶対パンパンになっちゃう。ま、未（いま）だ最高到達深度が地下二階層の私には無用の心配だけど。

「——あ、コロナさーん！　おはようございます!!」

方角として真南に位置する、ダンジョンの正面入口。まだ朝日も昇りはじめて間もない早朝、緊張してほとんど寝つけなかった私は、約束の時間よりもだいぶ前に到着していた。

「おはよう、エミカ・キングモール。ずいぶん早いね」

「助手として〝五分(ミニット)前行動〟は基本です！」

「はは、それはいい心がけだ」

昨日と変わらず本日も見目麗しいコロナさんが到着すると、護衛役を受けてくれた冒険者さんたちも続々と集結した。

「貴殿らとは昨日それぞれ面談したが、あらためて自己紹介をさせてもらう。依頼主のコロナ・ファンダインだ。本日はどうかよろしく頼む」

挨拶もそこそこに、私たちはさっそくダンジョンに潜った。

先頭はパラディンのコロナさん。そこから数フィーメルほど離れて後ろをついて歩くのが私。さらにその私の周りを囲むようにして、三人の冒険者が警戒に当たる。

「あ、しまった！」

みんなめちゃくちゃあっさり進んでいくもんだから心の準備を忘れてた。

「ぐぬぬ……」

地下二階層へ続く仄暗(ほのぐら)い階段。そこで、私は思わず立ち止まる。

――ガクガク、ガクガク。

勝手に震える、膝。

落ち着け、落ち着くんだ、私。あれはもう四年前のこと。そうだ。冷静に、論理的に考えろ。今回は単独(ソロ)じゃない。団体(パーティー)なんだ。大丈夫、大丈夫……。私にも、今日は仲間がいる……。

「どうした、姫さん。忘れ物でもしたか？」

階段を前にして動かない私を不審に思ったっぽい。こちらを不思議そうに振り返ったのは護衛の一人、ソードマンのガスケさんだった。

「……あ、あと、少しだけ待って！　覚悟決めるから‼」

「はぁ？」

「すー、はー！　すー、はー！」

アゴに蓄えた無精ヒゲをさすりながらさらなる疑問符を浮かべるガスケさんを無視して、私は呼吸を整える。

「よし！」

そして、いざ一段目の階段へ、一歩足を前に踏み出す。

恐る恐る、ゆっくりと。でも、着実に。そ〜っと。

——シュタッ！

「っ⁉　お、下りれたぁぁー！　やっほおおぉー‼　もう恐(こわ)くない！　ミニゴブリンなんて恐くないぞー‼」

「おいおい、姫さん。そりゃ一体なんの遊びだ……？」

「えへへ、気にしない気にしない！　それより先いこ、先っ‼」

無事トラウマを乗り越えて意気揚々、地下二階層へ突入。そこから先は一切立ち止まることなく進めた。途中ミニゴブリンにも遭遇したけど、まったく問題なし。てか、モンスターがまったく脅威にならないほど三人の護衛さんたちが強すぎだった。

まず前衛のガスケさん、二刀流の独特な剣技で接近してきた敵を片っぱしからばったばったと切り倒していく。ものすごい速さで剣がびゅんびゅんと動くもんだから、モンスターなんかよりもそっちに目がいってしまうぐらい。

移動中、面白半分で私を〝姫〟呼ばわりしてくる上めちゃくちゃ軽口を叩くから、正直なんなのこのおじさんと疑ってたけど、さすがは銀級冒険者さまだ。そのランクに偽りはないみたい。

次に、黒魔術師のブライドンさん。緑の魔道服を身にまとったおじいちゃんで、ガスケさんとは正反対に寡黙な人。移動中も必要最低限のことしか話さない。ただ、やっぱ上級冒険者だけあって術の腕は一級品だった。地下七階層で大量のガイコツ兵に襲われたとき、ブライドンさんは文字どおり骨一つ残さず、それらを火の魔術で焼き払った。

その光景に感激した私が「すごいすごい！」と飛び跳ねていると、ブライドンさんは無言のままとんがり帽子を目深にかぶって頬を赤くした。どうやら、照れちゃったみたい。やだ、このおじいちゃんかわいい。

最後に、白魔術師のホワンホワンさん。エルフと人のハーフらしく、ぴーんと尖った耳が特徴的なお姉さん。その名のとおり、なんだかおっとりした性格でほわほわしてる。移動中はモンスターが襲いかかってくるたび魔術で結界を張って私を守ってくれた。現状、誰もダメージを受けてないのでその腕前を見る機会はないけど、普段は回復専門のヒーラーさんをやってるみたい。

　途中、ガスケさんにヤラしい軽口を叩かれても、あらあらうふふ、と右から左に受け流していた姿は、余裕のある大人の女性って感じでステキだった。でも、なんか目がまったく笑ってないように見えたのは……うん、私の気のせいだよね、きっと。

「ホワンホワンちゃんさー」

「はぁーい、なんですかぁ？」

「俺のこと癒してくれない？」

「回復ですねぇ」

「いや、違う違う。なんというか、精神面を癒してほしいわけよ」

「あはは、なんですかぁ～？　それぇー」

「わかるだろ？　この仕事終わったら今夜辺り、な？」

「もぉ、ガスケさんってばぁ、また冗談ばっかり言ってー」

「ホワンホワンちゃんの夜の回復術に、俺は興味があるのさ」

「あらあら、うふふ（殺意）」

　おい、ガスケさん――いや、ガスケ。その辺にしておけ……。

　そのあともガスケさんのセクハラ案件以外は特になんの問題もなく、冒険は順調だった。地下十一階層のゾロ目階層に出現するボスモンスターも、すでに別のパーティーによって倒されていた。

「ガチ攻略組の、〝肉体言語〟ってパーティー知ってるだろ？　あいつらだよ。今回はだいぶ深いところまで遠征するらしぃぜ」

　ボスのリスポーン待ちをしていたソロ冒険者が親切にも教えてくれた。目的が地質調査である私たちにとって、それは吉報だった。今回は地下三十五階層まで下りて、土や岩などをサンプルとして回収する予定だ。この調子であれば、ボスが出現するゾロ目階層である二十二階層と三十三階層もボスをスルーできそうだった。

「モンスターが普段より少ないのも攻略組のおかげだろうな」

「え、これで少ないの!?」

「ああ、いつもなら十一階層（ここ）までくるのにもっと時間食ってるぞ。ま、先頭をあの騎士さんがやってくれてるってのもあるがな」

「コロナさんが？　あれ？　でも、ガスケさんのほうが明らかに敵いっぱい倒してるよね？」

「前衛の仕事ってならそれで合格だ。だが集団の先頭を走るってのは、また違う仕事が要求されんのさ。そのときそのときの判断でパーティーを消耗の少ないルートに導いていかなきゃならねぇからな」

「えっと、コロナさんがモンスターの多いところを避けて進んでくれてたってこと？」

「ま、簡単に言っちまえばそうだ。だが、ただの勘や運だけでどうにかなるって技術じゃねぇよ。相当な場数を踏んでなきゃできない芸当さ。たしかあの騎士さん王都勤めって話だったか。いやー、もったいねぇ。冒険者に転職すりゃすぐにでも金級（ゴールドクラス）になれるだろうぜ、ありゃーよ」

「ほーほー」

上級冒険者のガスケさんにここまで言わせるとか、コロナさん、やっぱすごい人なんだな。でも、すごすぎてもはや何が何やらで、私にできることがあるとすればその庇護をありがたく思うことぐらいだ。

「では諸君、そろそろ次へ行くとしよう」

ボスが不在の平和なゾロ目階層で小休止後、再度出発。

そして、十二階層へ。そこには、今までとまったく違った景色が広がっていた。

「お、おおおおぉっ……⁉」

ダンジョンは、十一階層以下のシンプルな迷路構造ではなくなった。視界の先にあったのは、平原と森。

燦々と降りそそぐ日射しを感じて視線を上げると、それまでとは比べものにならないぐらいの空間があった。

地面があって、空があって、木があって、光があって、何もかも。

これでは、ここは、まるで……。いや、一応、これでも冒険者のはしくれだ。もちろん、話には聞いてたよ。でも、ここまで美しいだなんて、知らなかった……。

今、私の眼前に広がるのは、世界そのものだった。

「すごいよ！　ダンジョンって、ほんとにダンジョンだったんだ‼」

「姫さん、またよくわからんことを言ってんなぁ」

「だってほら、見て見て！　これがダンジョンなんだよっ⁉」

「お、おうよ……」

その先も、神秘の世界は続いていた。

――七色の花々が咲き誇る雄大な丘。

――木漏れ日が美しい大樹の森。

――風の吹き荒れる荒野。

――霧で満ちた湖畔。

――リザードマンが巣食うじめじめとした沼地。

――おどろおどろしいオークのキャンプ場。

――死霊と化した人間がさまよう廃村。

そのすべては冒険者になったとき、夢で想(おも)い描いた光景だった。そして、もう目にすることはないと、諦めていた光景でもあった。

「わあぁ～！」

ぱあっと目を輝かせながら、地下に広がる世界を進んでいく。地下二十階層に到達する頃にはもう完全に、私は好奇心の虜(とりこ)となっていた。

6.　エミカ・キングモールは隠し部屋に入る。

「次はこの鉱山地帯にしよう。また君のスキルで頼む」

「お安いご用でー！」

　コロナさんの指示の下、地質調査は地下二十一階層からはじまった。作業はまず、使い古したシャベルとつるはしで横穴を掘り、ある程度の奥行きを確保。そしたら次に小さなスコップを使い、土や石、岩のかけらなどを採取する。最後にラベルの貼った瓶に、それらを種類ごとに詰めてしまえば完了だった。

　ふふ、楽勝♪

「エミカちゃん、すごーい！」

「マジかよ、姫さん。モグラ並みだな……」

　歓声をあげるホワンホワンさんと、若干驚愕気味のガスケさん。自分のスキルをほめられたのは、たぶん生まれて初めてで、素直に嬉しかった。

「えへへ」

「でも、こんな大きな穴掘っちゃったら、あとで埋めるのが大変ねぇ」

「あー、それは心配なしですよ。長くても一日ぐらい経てば勝手に塞がっちゃうので」

「〝状態回復作用〟ってやつだな」

モンスターの数が減ったり、通路に抜け道が開けられると、まるで生きてるみたいにダンジョン内部では元に戻ろうとする力が働く。四年間、この私が掘り続けてるのにかかわらず、地下一階層が見渡すかぎりの大部屋にならないのはこの作用のおかげだったりするわけだ。

「めぼしい場所は回った。そろそろ次の階層に進むとしよう」

そのあとも順調にサンプル回収は進んだ。何度か屈強なモンスターに遭遇する場面もあったけど、コロナさんたちはそのたびに抜群の連携を見せ難なく局面を突破。そうしてやがて地下三十階層を越えると、景色にもまた変化があった。

「ここからしばらくは〝水晶宮エリア〟だ」

壁も天井も床も、白色の水晶で覆われた巨大な洞穴。端的に言えばそこはそんな場所だった。

「皆承知していると思うが、ザコでも大型のモンスターが出てくる。あらためて気を引き締めてくれ」

サンプル回収を効率よく進めるため、地下三十〜三十二階層はスルーして、私たちは三十三階層のゾロ目階層を目指した。先発したなんとかっていう攻略組がボスを倒してくれていれば、リスポーンするまでのあいだボスフロアは安全地帯と化す。その平和な時間を狙ってサンプル回収をリスクなく行なう作戦だ。

「よし、敵の気配を感じない。行けそうだ」

コロナさんのＧＯサインで、私は水晶の壁をつるはしでガンガン採掘していく。やがて表面の水晶を壊し終えると、真っ赤な土でできた地層が見えてきた。

「おお、これは珍しいな。そのままどんどんまっすぐに掘り進めてくれ」

「いえっさー！」

表面の水晶とは違って、赤い土は粘り気はあるものの掘りやすい粘土層って感じ。私は気合を入れてシャベルに持ち替えると、指示どおりに掘り進めた。

「おりゃおりゃおりゃおりゃおりゃあー‼」

――ボコッ。

「え？」

ボコッ？

十五フィーメルほど掘り進めた辺りだった。聞き慣れない妙な音がしてシャベルの先端を見ると、その先に手のひらほどの空洞ができていた。こっそりのぞいてみる。どうやら別の場所に繋がってしまったっぽい。とりあえず人が通れるほどの開通口を作ってから元の場所に戻る。

「あの、なんか変なとこに繋がっちゃったみたいなんですけど……」

事情を話しつつ、コロナさんたちを穴の向こう側へと案内する。

「これは⁉」

「ヒュー、こいつはすげえぜ‼」

掘り進めた先にあった広い空間は見渡すかぎり全面が真っ赤なブロック層でできていて、天井部分は黒煙の空に覆われていた。水晶宮エリアの冷たく神秘的なイメージとは一転、おどろおどろしい気味の悪さを感じる。その雰囲気に私は少しだけ帰りたくなった。

「なあ、騎士さんよ。あんた水晶宮エリアにこんな場所があるなんて聞いたことあるか？」

「いや……アリスバレーのダンジョンに潜ったのは今回で三度目だが、このような不気味な場所は初めてだ。そもそもこの部屋はギルドで購入した最新のマップにも示されていない」

「おいおい、じゃあもう決まりだなー！　姫さん、大発見だぜ!!」

「ふぇ？　だいはっけん……？」

「ああ、間違いねえ。ここは通常の方法ではたどりつけない〝隠し部屋〟だ！　探索され尽くした階層で見つかるのは稀だが、発見した時点で未探索領域だってのは確定！　とんでもねえお宝が眠ってるかもしれねぇぜ!!」

「……え？　お、お宝っ!?　ほんとにー!?」

居心地の悪さも吹っ飛んで、一気にテンションが跳ね上がった。

これで家賃払える！　いや、それどころかお宝次第では億万長者も……!?

「ガスケさん、どこっ!?　お宝どこにあるの!?」

「はは！　このフロアのどこかにあるはずだ!!」

「探そう探そう！　お宝探そうよっ!!」

「おうよ、善は急げだな!!」

「二人とも少し落ち着いてくれ。ここがまだ安全かどうかも確認できていない」

「そうだよぉ、コロナちゃんのいうとおり。罠だってあるかもだしー」

走り出そうとした私とガスケさんの行く手を阻んだのは、コロナさんとホワンホワンさんだった。

「で、でも……そこにお宝があるんですよ⁉　しあわせな未来が待ってるんですよ⁉　お願いです！　行かせてください‼」

「こうなったら多数決だな！　もちろん俺も〝行く〟に一票っ‼」

「なぁ、お主らよ――」

「聞いてくれ、エミカ・キングモール。私も別に探索自体を諦めろと言ってるわけじゃない。ただ、もう少し慎重になって事に当たるべきだと言っているんだ」

「隠し部屋って、色々危ないって聞くもんねー。せめて盗賊職は一人いないとだよー」

「お主ら、ちとわしの話を――」

「お宝があれば妹たちにだって、もっといい教育を受けさせてあげられるんです‼　今まで不甲斐ないお姉ちゃんでしたけど、頼れるお姉ちゃんになるチャンスなんです‼」

「へー、姫さん妹いんのか？」

「あ、あの……すまんが、わしの話を聞い――」

「くっ、エミカ・キングモール……‼　き、君はそこまで妹たちのことを想って……う、ぅぅっ……」

「あれぇ？　なんでコロナちゃんが泣いてるのー？」

「わ、わしの話を聞いてく――」

「ガスケさん、行きましょう！」

「おうよー！」

「………………」

「はっ！　ま、待て、二人ともっ！」

「もぉー、いい加減にぃ――」

「おいごるあああぁ！　いい加減わしの話を聞かんかぁぁぁぁあぁいっ‼」

「「「――っ⁉」」」

突然の、ブライドンさんの大絶叫。もちろん私を含めて一斉に振り向いた。

目を尖らしたおじいちゃんを見て、ふと、我に返った。

「ぜえ、ぜえ……お、お主らよ……」

「あ、えっと……ご、ごめんなさい！」

怒られるのって、あんま慣れてないんだよな、私。しかも、この感覚は幼少期以来だ、たぶん。

罪悪感。反省。うっ、なんか色々こみ上げてきた。

「あ、いや……わしも突然大声を出して悪かった……」

「おいおい、爺（じい）さん。いきなりどうしたんだ？」

「うむ、ちょっと気になることがあってのぉ～」

「気になることぉ～？」

「お主ら、出てきた穴の入口がどこにあったか、覚えておるか？」

そう言われて、私は自分が掘った穴のほうに視線を向ける。って、あれ？　おかしいな。自分が掘った穴だ、忘れるはずがない。それも、この部屋に入ってきたのは今さっきの話。だけど不思議なことに、横穴はどこにも見当たらなかった。

「な、なくなってる……!?」

「は？　本当か、姫さん？　もうちょっと奥のほうじゃなかったか？」

「でもぉ、見渡すかぎり穴なんてどこにもないよー？」

「状態回復作用……」

そうぽつりと、コロナさんが呟(つぶや)いた直後だった。

「――キギイ゛イ゛イ゛イイイイイイイイイィィィィッッ～～～!!」

耳を劈(つんざ)く何かの鳴き声。瞬間、私は竦(すく)みながら背後を振り返った。

7.　エミカ・キングモールは禁魔法を唱える。

初めに目が吸い寄せられたのは、黄色い嘴（くちばし）と赤い鶏冠（とさか）だった。

「ひえええぇぇ！　な、何あれっ〜〜⁉」

体長六フィーメルは超えるであろう、雄鶏（おんどり）の胴体（ボディー）。光沢を帯びた、蛇そのまんまの尻尾。そして大きく飛び出した、左右二つの眼球。

見渡すかぎりに続く赤い空間。そこに突如として現れたのは、あまりにも巨大な怪鳥だった。

「——気をつけろ、〝コカトリス〟だ！」

剣を構えながらガスケさんが叫ぶ。

コカトリス？　あ、知ってる！　けっこう有名なモンスターだ！　たしか、強力な石化ブレスを吐いてくるとかなんとか……。

「でかいのぉ。ありゃ通常の三倍はあるぞい」

「間違いなく〝特殊体〟でしょうね。お願いできますか、ブライドン殿」

「わかっちょる。しばし時をくれ」

そのまま両手で杖（つえ）を握ると、ブライドンさんは詠唱をはじめる。

——ズズズッ。

おお、すごい！　魔力の奔流が、もう黒い上空の一点に集まりはじめてる。それは魔術関係がてんでダメな私でもピリピリと肌で感じられるほど。

だけど、モンスターは魔力に群がる習性がある。このままではブライドンさんが格好の餌食になっちゃう。そう私が心配に思ったのと同時だった。コロナさんとガスケさんは並んで前方に飛び出すと敵の攻撃に備えた。

「妙だな、騎士さん……」

「ああ、明らかに異様だ……」

それでも、コカトリスに動きはなかった。依然、離れた場所からこちらをジッと窺(うかが)ったまま。

「ん？　わ、熱っ！」

「エミカちゃん、下がって下がってー。離れてないと黒コゲになっちゃうよぉ～」

つむじの辺りが熱いなーと思って見たら、なんかすごいことになってた。詠唱してるブライドンさんの頭上。そこに、いつのまにか巨大な火の玉が出現してた。

「うわあぁ、でっかぁー！」

火球は激しく渦を巻きながら、さらなる肥大化を遂げていく。やがてそれは対面のコカトリスを焼き尽くすのに十分な大きさにまでふくれ上がった。そして、全体の火の色が赤から青に変わったのを機にだった。ブライドンさんはピタリと詠唱を止めた。

「墜(お)ちて穿(うが)て！　蒼き輝きの流星(ブルー・コメット)――‼」

呪文とともに、必殺の魔術が放たれていく。上空から巨大な青い火球がほとばしり、怪鳥の下へ、一直線。

一呼吸ほどの短い時間。避ける隙なんて、あるわけなかった。次の瞬間、青い炎の渦はコカトリスを呑みこんだ。

「やったぁー！　焼き鳥のできあがりー!!」

直撃したのを見て、歓声をあげる私。でも、その喜びは束の間だった。

――シュン、シュンシュンシュン！

「えっ!?」

火柱の中から、突如として巻き起こる旋風。炎を裂いて破るように、幾重にも、風の斬撃が放たれていく。

――シュン、シュン！

――シュンシュンシュンシュン！

まるで花弁が散らされるみたいだった。瞬く間に、炎の大魔術は疾風によってかき消された。

「キギイィィィ〜〜〜!!」

「ええっー、なんでぇ!?」

「なんと、あの炎を喰らって無傷かい。トホホ……、自信なくすのぉ」

「鳥系って大体火が弱点だよねぇ？　あのモンスター、特別な耐性でもあるのかなぁ〜？」

「おい、お前ら油断するな！　来るぞ――!!」

――バサッ、バササバサッ!!

ガスケさんの警鐘とほぼ同時だった。コカトリスは両翼を広げると、赤い地面を蹴り上げる。

——ダンッ!!

鶏は空を飛べない。だから、それはただの跳躍のはずだった。でも、高い。なんて、高さだ。奴は、一瞬で私たちの上空にいた。

もうあんなに小さく……そんでもって、まただんだんと大きくなって、こちらへと——こちらへと?

「あっ」

——墜ちてきてる? い、い、い、い、

ヤバい。あの巨体だ。このままだと馬車に轢かれたカエルよろしく、ペチャンコになっちゃう。

逃げないと。

早く、早く早く。

「…………」

あ、あれ? 体が、動かない?

「逃げろ、姫さん!!」

うん。わかってる。わかってるんだ。

でもね、両足が固まって、動かない。

てか、足ってどうやって動かしてたっけ? あ、まずい。恐怖で完全にフリーズしてるね、私。

てか、もう鶏の爪があんなに大きくなっ——

「――危ねえっ‼」

ガスケさんが叫んで、思いっきり押されて、そこまでは憶えてる。だけど次の瞬間、ものすごい爆風と爆音が私の意識をかき消した。

暗転。

――キン、キンキン！

――カキンッ！

「う、ううっ……」

覚醒はすぐだった。たぶん一分も気絶してなかったと思う。

でも、戦況はがらりと変わっていた。

「あっ！」

上体を起こして最初に見えたのは、横たわるガスケさんの姿だった。身体中に裂傷を負い、血まみれの彼は、ひゅーひゅーと苦しげに息をしてた。

私を庇ったから⁉　明らかに深手だった。早く傷を癒さないと命にかかわるかもしれない。

「か、〝回復〟……そうだ、ホワンホワンさん！」

ホワンホワンさんを捜さないと。

「エミカ！　エミカ・キングモール‼」

その声にはっとして振り向くと、槍を振り上げるコロナさんの姿があった。彼女は一人、巨大な怪鳥と向き合っていた。

「コロナさん⁉」

次々に突き出される嘴と、振り下ろされる爪。それらが槍の先端と衝突するたび、空気をつんざくような金属音が鳴り響く。コロナさんは高い槍術（そうじゅつ）でコカトリスの攻撃を軽々受け流し、寄せつけない。

それでも両者には何より歴然とした体格差があった。攻めに転じられず、防戦一方のコロナさん。底辺冒険者の私の目から見ても旗色は思わしくない。

「ぐっ、無事だな⁉」

「はい！　でも、ガスケさんが私を庇ったせいで……！」

「わかっている！　無事なのは私たちだけだ‼」

「え⁉」

「君だけでも逃げろ！　こいつは私が引き受ける‼」

そこでコロナさんは突っこんできた嘴を打ち下ろすように往（い）なすと、コカトリスの額を目がけて槍を一閃（いっせん）に斬りつけた。

「ちぃ、浅い……！」

噴き出す、緑の血飛沫。白い蒸気を出すそれは周囲に異臭を放っていく。

「こいつ血に毒が⁉」

返り血を嫌い、コロナさんが背後に一歩飛び退く。

「ギイィィッー！」

間合いができると、コカトリスは雄叫びをあげながら両翼を広げた。その咽喉元が、ぷっくりと脹れていく。

「まずい！　走れっ――‼」

次の瞬間、ぱっかり開いた嘴から噴出されたのは灰色の煙だった。

石化ブレス⁉　石化耐性のついた装備なんて持ってない！　もし、あれに触れたら……⁉

コカトリスの吐く息に視界が呑みこまれていく。

「う、うわぁぁっー‼」

私は無我夢中で走った。途中、足がもつれ何度も転ぶ。そのたびに起き上がっては、また走る。

「はぁはぁ……！　はぁ、はぁ……う、うぇっ……」

どれだけ走っただろう。ついに息も絶え絶えになって、私は膝をついた。背後を振り返ると、灰色の煙はもう追ってきてはいなかった。

それでも、見渡す先は薄闇が広がっているだけで遠くの様子は窺えない。ただ、かすかな金属の音だけが聞こえてくる。

「コロナさん……ま、まだ、戦って……」

みんなを置き去りにして、一人逃げてきた自分。

でも、後悔するのはまだ早い。

今なら戻るのは簡単だ。

来た道を急いで引き返せばいい。

ただそれだけのこと。

しかし、私が戻ったところで一体なんの役に立つというのか。

答えはあまりにシンプルで残酷だった。


——なんの役にも立たない。


「は、ははっ……」

こんなときに、なんの力にもなれないなんて。やっぱユイの言ったとおり、少しは剣術や魔術を身につけておくべきだった。

「私ってば……ほんと、ダメダメだ……」

後悔に苛まれながら、無力にもふらふらと起き上がる。

両足はもう絶望の淵の上にあった。

どうすることもできなくなった私は、半ば放心状態のままその場で俯く。

まさに、そのときだった。

「へ？」

あまりに不自然な物体がすぐそこにあることに私は気づいた。

それは一言で表すなら黒い箱だった。

「こ、これって……」

いや、黒いというよりは〝漆黒〟と表現するのが正しいかもだ。フロアに真四角の穴が開いてるんじゃないかと錯覚するほどに、それは深淵(しんえん)に似た色をしている。

「もしかして、これがお宝……？　いや、でもそんなわけ……」

よくある宝箱ほどの大きさだけど、赤い地面の真(ま)っ只中(ただなか)、ただそこにぽつんと置いてあって明らかに財宝の類いには見えない。てか、どちらかというと完全に罠っぽい。これは無暗(むやみ)に近づいちゃダメなやつだ。

「…………」

そう警戒しつつもだった。なぜか裏腹に、その奇妙な箱から目が離せなかった。

「あっ」

ふと気づけば、その箱を見下ろしている自分がいる。

これはまずい。

そう思った、矢先だった。

『――汝、我の力に呼応する者』

どこからか、声が響いてきた。

『又、その資格を有する者なり』

「え？　あ、あれ……？」

『唱えよ、さらば与えられん』

「あ、あの……ど、どちらさまですか……？」

『ドグラ・モグラ』

「へ？」

『ドグラ・モグラ』

「…………」

『ドグラ・モグラ』

「ど、どぐら……もぐら、さん？」

『汝、我と契約を結びし者。この力、汝に託そう』

「……えっ!?　い、いやいやいやいや、ちょっ待――うわ、まぶしいっ!?」

その瞬間、地面から浮かび上がったのは、いくつもの図形が絡み合った複雑な魔方陣。

強い輝きに視界のすべてを奪われると、そこでまた私の意識は即座に暗転した。

8. エミカ・キングモールは勇気を振り絞る。

夢を見た。

内容は、もう覚えてない。

でも、なんだか、悲しい物語だった気がする。

「——あれ？　私、何してたんだっけ？」

気づくと一人、赤い空間に立っていた。

「あっ、そうだ。なんかピカッて光って、それから……」

足元にあったはずの黒い箱は消えている。念のため辺りを見渡してみたけど、やっぱどこにもなかった。

「う、痛っ……」

どこまでも続く、赤い地面と黒い空。

その光景を見ていると、頭の奥のほうがズキズキと痛んだ。

「……頭、痛い。あとなんか、ぼうっとする……」

風邪を引いたときみたいだった。

どこか高熱でふらふらしてる感じ。こりゃ、早く帰らないと。いや、でも、ここどこだろ？　どう見ても地下一階層じゃないし……。

「うーん……ま、いっか。歩きながら考えよう」

進む先からは謎の金属の音が、キンキンと響いてきている。

この先に誰かいるみたいだ。知ってる人のような気がするけど。

やがてその場所にたどりつくと、私はすべてを思い出した。

「――あっ⁉」

なんで、こんな大事なことを忘れていたんだろう。

私はこの場所に、戻ってきてはいけなかったのに。

激戦は、続いていた。

「キギイィィー‼」

「ぐっ、この！」

長槍を振るい、鋭利な爪の一撃をギリギリでかわしつつ、よろけながら距離を取る。

「はぁ、はぁ……」

その一連の動作に、先ほどまでの精彩は見られなかった。原因は、コロナさんの身体を見れば一目瞭然だった。彼女の右半身の大部分はすでに、石に侵されていた。

ブレス攻撃による状態異常効果。おそらく私に気を取られていなければ、こんな状況にはなっていなかったはず。

「また、私のせいで……」

自責の念に駆られ、思わずコロナさんの姿から目を背けてしまう。だけど、それと同時だった。

「あっ！　あれは……⁉」

視線の奥側。遠く先、動く人影に私は気づく。それは膝をついた状態で、なんらかの魔術を発現させているホワンホワンさんの姿だった。よく目を凝らすと、彼女の傍にはさらに横たわる二つの影があった。

ガスケさんとブライドンさん……そうか！　ホワンホワンさんが二人を治療してるんだ‼

おそらくコロナさんが戦っている最中にホワンホワンさんは意識を取り戻し、二人を離れたあの場所まで運んだのだろう。

絶望的だった状況に、希望が出てきた。ガスケさんとブライドンさんが復帰すれば、戦況は断然こちらが有利になるはずだ。

あとちょっと、それまでコロナさんが持ちこたえてくれれば……！

そんな考えが脳裏を過ぎった、まさにその瞬間だった。コロナさんの身体は死角から飛んできた尾によって横薙ぎにされた。

「ぐわあぁっ――！」

横腹に強烈な一撃。身体ごと真横に吹き飛ばされ、何度も赤い地面を転がったあとでようやくコロナさんは止まった。

「く……、ぐっ……！」

なんとか槍を杖代わりにしてよれよれと立ち上がるコロナさん。だけど、もはや満身創痍。その身体ではもうまともに走ることすら厳しそうだった。

「ギイイィー……」

そんな戦況を理解してか、コカトリスは突如として背を向けるとノソノソと別方向に移動をはじめた。

「え？」

そ、そっちって、まさか……⁉

そのまさかだった。コカトリスの向かう方角の先には、ホワンホワンさんたちがいた。

魔力に惹かれたんだ！　なんとかしないと‼

「ま、待てっ……！」

コロナさんもすぐに事態に気づいた。片足を引きずりながら懸命にコカトリスの後を追う。でも、とても間に合いそうにはない。

「だ、誰か――」

誰か、助けて。

その言葉が自然とこぼれそうになって、私は慌てて口を噤んだ。

それを吐き出してしまった瞬間、すべての命運が悪いほうに決まってしまう。

なぜか、そう思えたから。

「……誰かに、助けを求めてる場合じゃないんだ！」

ああ、そうか。

そうだよね。

これは、私がなんとかするしかない――

その瞬間にはもう、私は背負っていたリュックから商売道具を取り出していた。

こっちに注意を引いてやる！

私はなんの躊躇もなく振りかぶると、コカトリスに向かって力いっぱいつるはしを投げた。

「おりゃあああぁぁ――！」

――ビュンビュンビュンビュンビュンビュン。

ん？

あれ、なんだろ？

今なんか、妙な違和感があったような？

気のせいかな、私、手が――

――ビュンビュンビュンビュンビュン。

――ビュンビュンビュンビュンビュン。

――ビュンビュンビュンビュン。

――ビュンビュンビュン。

――ビュンビュン。

――ビュン。

――グサッ！

「キギイイイィィィィィィィ～～～⁉」

あ、当たった。

しかも目ん玉のとこ。

まさか、あんな見事に刺さるなんて。

てか、すごい飛距離出た気がする。

私ってば、投擲（とうてき）の才能があるのかな？

いや、今はそんなのんきなこと考えてる場合じゃないって。

あ、やば。ものすごい怒ってらっしゃる。うわ、こっち見た！　うわうわ、こっちきた！　いや、狙いどおりだけどさ‼　このあとのことなんてなんも考えてないよ⁉　あわわ、どうしようどうしよう⁉

「え、えっと、あはは……こ、こんにちは……」

「キイィ～？　キギイイイィィィッ……！」

訳：なあ、今やったん、お前か？　怒らんから言うてみぃ……！

たぶん、そんなこと言ってるっぽかった。

なんか意思疎通できそうだったんで、「チガウヨー、ワタシジャナイヨー」とか言ってみたけど、まったく意味はなかった。

こちらを射程圏に収め、その嘴で攻撃するためだろう。コカトリスはさらに、一歩、二歩と近づいてきた。

「に、逃げろ……エミカ・キングモール！」

そんな絶体絶命の場面でふと聞こえたのは、かすれたコロナさんの声。

自分だってボロボロなのに、最後までこんな足手まといの私を心配してくれるなんて。やっぱりその優しさは本物だ。絶対に、彼女は〝偽善者(ニセモノ)〟なんかじゃない。

ありがとう、コロナさん。

でも、もうこの場から逃げるなんてとてもじゃないけど無理っぽいです。

巨大な狂鳥と相対した今し方、私は自らの運命を悟っていた。

――自分は、ここで死ぬと。

「キギイイィィィー‼」

「…………」

なんて殺意の圧力だろう。顔を上げると、本当に大きい嘴がそこにあった。数瞬先、あれに串刺しにされている自分がもう容易に想像できちゃう。

それでも、ただ大人しく殺されてやるつもりはなかった。

さっきは片目を潰せたんだ。なら、今度は無事なほうの目ん玉も潰して、さらにもう一矢報いてやる！

この状況で、なんでそんな強気でいられているのか自分でも不思議だった。きっと逃げるという選択肢がなくなって、頭のネジがどっかに飛んでいってしまったんだと思う。その証拠に私は死が差し迫ったこの状況においても、恐怖らしい恐怖を一切感じてなかった。

あるのはただ、１００％の蛮勇のみ。

おら、早くかかってこい！

このチキン野郎‼

「キギイイイィィィーーー‼」

奴が動いた。

「おらあああぁぁーーー‼」

そして私も動く。

勝負は、一瞬で決した。
迫りくる巨大な嘴。私はそれを、全力で打ち返してやった。
いヽ、いヽ、モグラの爪で――

え？
モグラ……？

――ベッヂーーーーーーーーーーンッッッ！！！
なんかものすごい音がしてるなーと思ってこぶしの先を見上げると、コカトリスのぐちゃぐちゃになった頭部が首ごと千切れて吹き飛んでた。

「うわ、グロい⁉」

はは。
なんだこれ。
まるで悪い夢でも見てるみたいだった。

9. エミカ・キングモールは温かい家に帰る。

ホワンホワンさんが負傷した三人の回復にあたってるあいだ、私は赤いブロックに背中を預けて、まじまじと自分の両手を眺めていた。

コゲ茶色の細かい毛に覆われた手首。犬や猫の肉球みたいに、ぶよぶよとした肉感の手のひら。

そして、白い爪と化した十本の指。

うん。

やっぱし、これモグラの手だね。

見まごうことなくモグラの手だ。

「モグゥ……」

あー、なんだ私ってばモグラだったのか。

道理で穴掘りが得意なわけだよね。

あは、あはは。

「今明かされる驚愕の真実！　怪奇モグラ娘――って、そんなわけあるか！」

独り言で完全に怪しい人だったけど、状況が状況だった。依然パニックに陥ったまま続ける。

「うー、やっぱどう考えても、あの黒い箱のせいだよね……。あの謎の声、なんとかモグラとか言ってたし……」

「よし、姫さん」

モグラの手で「ぐぬぬぅ～」と呻きながら頭を抱えてると、ガスケさんがやってきた。ホワンホワンさんの回復魔術が効いて、もうすっかり傷は癒えたみたいだった。

よかった、元気そうで。あ、てか、まだお礼も言ってなかった。

「ガスケさん、さっきは助けてくれてありがとう。それと……足手まといになっちゃって、ほんとにごめんなさい……」

「あ？ 何言ってんだ、姫さん？ 礼を言う必要も謝る必要もないぞ。俺の今回の仕事は姫さんを護ることだったんだからな」

「で、でも……」

「むしろ謝る必要があるのは俺のほうだ。最初の一撃で情けなくも戦線離脱。気づけば戦闘は終わっていましたとさ、だぜ？ ま、全員こうして無事だったわけだ。今はそれを喜ぼうぜ」

「ガスケさん……」

あくまでプラス思考のガスケさん。その言葉は、未だ罪悪感を引きずってた私の心を軽くしてくれた。

「てか、騎士さんとホワンホワンちゃんから聞いたぜ。俺が寝ているあいだ大活躍だったらしいじゃねぇか。あの特殊体のコカトリスを一人で狩っちまうとか、姫さん一体どんな力を隠し持――って！ なんだよ、その手はっ!?」

そこでモグラ化してしまった私の両手を指しながら、ガスケさんは目を丸くする。

「ええっと、それが私も何がなんだかで……」

私は先ほどの黒い箱の一件を掻い摘んで説明した。

「なんだそりゃ、聞いたこともない話だな。呪文のような言葉を唱えたら魔方陣が発動したってんなら、魔術の類いっぽいが……。てか、その爪って装備品だよな？　外れないのか？」

「さっきやってみたけど、無理っぽい……。なんか手の上にね、直接なじんじゃってる感じがする。もしかしてこれ、呪いのアイテムだったり……？」

幸い、何か物をつかんだり、投げたりするのに支障はない。いや、むしろ自分の指とほぼ変わらない感覚だ。ま、さすがにこの爪じゃ、リリの髪は洗いづらいかもだけど。

「とりあえず明日朝一でギルドの受付に見てもらえよ。アイテムのことはアイテムの専門家に聞くのが一番だし、解呪するにしても専門の知識とスキルが必要だからな。あ、そうだ……ほら、ついでだからこれも一緒に鑑定してもらえ」

「ん？　わー、きれい！」

そこでガスケさんが私に手渡したのは、一枚の羽根だった。短剣ほどの大きさで、青と黄色と白の三色の羽毛でできたそれは、コカトリスの死骸の近くに落ちていたらしい。

「おそらくレアドロップ品だ。換金すりゃいい値段になると思うぜ」

「でも、こういうのってパーティーで利益を分配するんじゃ？」

「今回は姫さん一人で倒しちまったからな。遠慮せず受け取っておけ。さっき相談したら俺以外の三人もそれで構わねぇって言ってたしよ」

「…………」

もしかして、みんな私がお金に困ってるのを察して……？

大人が気を回してくれたなら子供が変な意地を張るべきじゃない。なのでありがたく、そして気持ちよく、今回はその厚意に全力で甘えることにした。

「あざっす！」

「ははっ、姫さんのその飾んねー性格、俺は好きだぜ！」

そのあとブライドンさん、コロナさんも治療を終えて、とりあえず安全な水晶宮側のエリアに穴を掘って戻った。そして、そこでのサンプル回収を最後に今回の調査は切り上げで終了となった。

「三十五階層まで行く予定だったのに、ほんとにいいんですか？」

「今回は君のおかげで珍しい地層も発見できた。成果としてはもう十分だ」

帰りはコロナさんが人数分の〝転送石〟を用意してくれてたので、一瞬だった。

アイテムに内包された時空間魔術の発動とともに、ダンジョンの正面入口に帰還した私たちはコロナさんの簡単な締めの挨拶のあと、各々の帰路に別れた。

長い一日だった。

外はすっかり日が沈んでいて、真っ暗だった。

「家まで送ろう」

「あ、えへへ……ありがとうございます」

道中、会話の中でコロナさんにも例の黒い箱の話をしたけど、心当たりはないそうだ。やっぱこのモグラの爪はかなり特殊なアイテムらしい。

「解呪が必要ならばその道に長けた知人がいる。まだしばらく、私はこの街に滞在する予定だ。何か困ったことがあったらいつでも連絡をくれ」

「はい。何から何まで、ほんとにありがとうございます」

再度お礼を言って、家のすぐ近くで私はコロナさんと別れた。

「ふう、今日はすごい日だったなぁ……」

振り返ってみると、何もかも現実とは思えなかった。

だけど、変化した両手が夢であることをはっきりと否定していた。

「ただいま」

「おかえりエミ姉――って、どうしたのその手⁉」

「わあぁー！　おねーちゃん、モグラさんみたーい‼」

帰宅すると、いつものようにシホルとリリが出迎えてくれた。

「あー、これ？　はは、心配しないでいいよ。ただのアイテムだからさ。それより私、おなか減っちゃった」

すでに夕飯はできていたので、お風呂は後回しにしとく。食事中、私は普段よりもやたら高いテンションでベラベラとしゃべった。

話す内容は、もちろん今日の冒険のこと。

ダンジョンに広がる森林や草原の美しさ。そこに吹く風と、流れる水。そして、降りそそぐ光。屈強なモンスターたちに立ち向かう勇敢な冒険者たちの姿も含めて、私はこの目で見たすべてのことを吐き出すように語った。

途中、不意にまるで自分が自分じゃないような感覚に襲われたけど、私はしゃべるのをやめなかった。

「エミ姉、もしかして具合悪い……？」

ふと、シホルが不安そうな顔で訊いてきた。

「ご飯、手つけてないみたいだけど」

そこで初めて、私は用意された食事が手つかずのままであることに気づいた。

「…………」

変だな。

シホルの料理はいつだって、かきこむようにして食べてるのに。

スープを飲むため、爪の指先で匙を握る。

大丈夫。

問題なく、つかめた。

モグラの手は、案外器用に動く。

「……あれ？」

でも、それならどうして私の手の中の匙は、こんなにもカチカチと小刻みに揺れてるんだろう。

「はは、おかしいな……。なんで私……こ、こんなに震えて……」

呪いの影響かと疑うも、違った。

「あっ」

ふと、頬を伝う水滴の感触。

そこに至ってようやく、私は感情が噴出していることに気づいた。


ああ、そうか。

今頃になって、私――


「ないてるの、おねーちゃん？」

リリが心配してこちらをのぞきこんできたので、私は慌てて顔を背けた。

でも、背けた方向にはシホルが立っていた。さっきまで向かいの席に座っていたはずなのに、いつのまにか回りこんできたらしい。

「エミ姉」

顔が上げられなくなった私の頭を優しく抱きかかえると、シホルはやわらかい声で言った。

「恐かったんだね。でも、もう大丈夫。もう、大丈夫だよ……。私も、リリも、ちゃんとここにいるよ」

その瞬間、私は堰(せき)を切ったようにわんわんと泣き出した。

もし、今日死んでいたら、私はこの家に戻ってくることも、こうしてまた二人に会うこともできなかった。その上で、私の死後残されたこの幼い妹たちはどうなっていたことか。

考えをめぐらせればめぐらせるほど、あらためて自分の感覚がマヒしていた事実に気づく。あの怪鳥に立ち向かったとき、私はもう死んでもいいような気分にどこか浸っていた。刺し違えてでも一矢報いる。そんな選択をできた自分が、どこか誇らしいとさえ思ってしまっていた。

どんなに可能性が低かったとしても、生き残る道を選ぶべきだったのに。

それをしなかったのは、逃げた責任を負いたくなかったから。

目の前で人に死なれるよりも、自分が先に死んだほうが楽だと考えたから。

その結果、最愛の二人の妹がどれだけ悲しみ、苦しむか。少しも、考慮せずに。


私は本当に、救いようのない大馬鹿野郎だった。


「うああぁぁぁああ～～～ん!!　恐かったよおおぉーーー!!」

「よしよし」

「あー!　リリもおねーちゃんよしよしするぅ～!」

それでも、私は流す涙とともに、すっかり元の臆病でダメダメな自分に戻れた。

凍っていた感情を溶かしてくれた温(ぬく)もりに、今はただただ感謝しよう。みっともなく泣き続けながら、私はそう思った。

幕間（まくあい）　～漆黒ノ刻～

黒よりも深い深淵。

もうどれほどの歳月が流れたか。

牢（ろう）に囚（とら）われ、ただ滅びを待つ身となった我に時の感覚は既に無し。

一瞬とも永久（とこしえ）とも定かではない闇は、我を内包したまま永遠の眠りへと誘い続けている。


――暗黒。


それは神が与えし呪いか。

それとも祝福か。

それすらもう我には識別が叶（かな）わず。

ただ、黒色だけが延々と刻まれていく。

まさしく、無限の闇。

まさしく、無限の静。

まさしく、無限の無。

外界を途絶する漆黒匣（クローズド・ボックス）。

――気配。


しかし、これは定められた運命か。

永遠だったはずの孤独は、その邂逅（かいこう）をもって唐突に終焉（しゅうえん）を迎えた。

何者か。

我を呼びし、この者は何者か。

それは皮肉にも、我を生み出した存在たちと非常によく似ていた。


――紅蓮の少女。


然（しか）らば、偽物の神々の末裔（まつえい）か。

否、彼奴（あやつ）らは自らの後継を産めず。

ならば、この少女は天獄の外界から生まれし存在。

正統なる、この世界の後継者。


――共鳴。

光。

力強い光。

それは我が悠久の中で求め続けていた救いだった。

たとえこれが、あの偽りの神々が定めた宿命（呪い）だとしても。

たとえこれが、あの偽りの神々が用意した物語（祝福）だとしても。

抗（あらが）うことはこの身に叶わず。

——契約。

盟約を基に資格を有すこの紅蓮の少女に、この力を託そう。

呪詛（じゅそ）から生まれしこの身に叶わずとも願わずにはいられない。

我が盟友に、せめてもの祝福があらんことを。

——禁魔法（ドグラ・モグラ）。

我が名は、暗黒土竜（もぐら）。

土の覇者にして闇の君主。

偽物の神々に抗う、最初で最後の爪である。

10. 封印されし暗黒土竜

「良いニュースと悪いニュース、どっちから先に聞きたい？」

依頼を受けた翌日、私は勧められたとおり朝一でギルドに向かった。もちろん、何よりも頼りになるのは黒髪の幼なじみだ。

というわけで、ユイに昨日のできごとを粗方話した上、彼女にもろもろを調べてもらっていた。

「良いほうでお願いします、先生！」

「そうやって問題を先送りにするタイプだから、家賃も滞納するのよ」

「す、すみましぇん……」

良いニュースというのはコカトリスからドロップしたアイテムの件だった。正式名称は〝凶鳥の羽根〟というらしい。

「高い魔力が秘められていて、調合薬や防具などの素材になるわ。この大きさだったら三十万以上の価値がつくはずよ」

「三十万——!?」

手っ取り早く現金にしておきたかったのと、私自身にその手の商人のコネがなかったこともあり、ギルドに直接買い上げてもらう方向で頼んだ。コロナさんの依頼報酬と合わせれば、これで滞納した家賃の七割は確保した計算になる。

「さて、次は悪いニュースね」

「帰ってもいい？」

「あなたがそれでいいなら、別にいいわよ。あとでどうなっても知らないけど」

「うぅ……」

悪いニュースというのは……ま、当然、私の両手の件だった。

「武器に防具、あらゆるアイテム鑑定のスキルを使ったけど、結果は全部鑑定不能（アンノウン）だったわ」

「呪われてるから鑑定もできないとかじゃなくて？」

「カーストアイテムでも鑑定は可能よ。その場合、正式名称の頭に、〝呪われた〟とか〝呪いの〟って言葉がつく。たとえば、〝呪われたモグラの爪〟とかね」

「ほえー」

「だから、この爪はアイテムではない――という仮定で話を進めるべきだと思う」

「でも、アイテムじゃなかったらなんなのさ？」

「それを確かめるには、またあなたの身体を解析する必要があるわね」

「えー、昨日今日で、そんな大して変わらないと思うけどなぁ……」

とりあえず、また〝生物解析（アナライズ）〟で基本能力値を測ることになった。それに加えて、今回はさらにスキルチェックも行なうとのこと。

まずわかりやすいように、ユイが前回使った用紙に追加する形で、私の現在の基本能力値の

〝念写(ソートグラフィー)〟をはじめた。

ま、でも昨日はあれだけの冒険をしたんだ。少しは上がってくれてるとうれしいなぁ、とかなんとか思ってたら、結果はすぐに出た。

※分析結果（一昨日のもの）

腕力：F（15）
体力：F（10）
魔力：F（3）
気力：A（97）
知性：E（20）
俊敏性：F（18）
幸運：D（49）

→これが

←こうなった

腕力：F　⇓S（115）△UP　変動100
体力：F　⇓F（10）
魔力：F　⇓F（3）
気力：A　⇓A（99）△UP　変動2
知性：E　⇓F（19）▼DOWN　変動1
俊敏性：F　⇓F（18）
幸運：D　⇓G（－1）▼DOWN　変動50

「は？」

「…………」

「な、何これっ⁉」

「エミカ、まずは落ち着いて。冷静になりましょう……」

「私の知性Fに下がっちゃってる！」

「一番最初に驚くとこがそこなの⁉」

「え？」

あ、ほんとだ。

よく見たら、幸運もめちゃくちゃ下がってた。いや、マイナスって⁉

それに比べて腕力は、異常なほど上がっちょる。

えっと、ひーふーみーで、Fが四個だね。んで、S・A・Gが一個ずつ、か。なんだ、この気持ち悪いステータス……。

「気力と知性の変動は微差だから、ごく自然的なものでしょうね。だけど、腕力の上昇と幸運の減少は明らかに違う。何かしらの外的要因を受けたものと考えるべきだわ……」

続いてスキルチェックの結果をユイは書き出してくれた。

※保有スキル

・穴掘り（ディッグ）〈Lv．∞〉

・鉱石鑑定〈Lv．2〉
・投石〈Lv．1〉
・料理〈Lv．1〉
・禁魔法〈Lv．1〉

「〝禁魔法〟なんて、いつのまに習得したの⁉」

「〝禁〟禁『魔術』ではなく、〝禁〟禁『魔法』ってのも問題よね……。しかも、〝穴掘り〟レベルも意味のわからないことになっているし」

「これも、この爪を装備した影響なのかな？」

「でしょうね。でもそれ、さっきも言ったけど、アイテムではなく……」

これまでの分析の結果から、すでにユイは一つの結論にたどりついていた。

「もう一度、解析系のスキルを使えば、はっきりすると思う。エミカ、ちょっとまた両腕を前に出してくれるかしら」

「ん、これでいい？」

指示を受けてモグラの爪を広げると、ユイは予告したとおり解析のスキルを使った。なんでも、モンスターをより細かく調べる際に使うものらしい。
え、モンスター……？

※分析結果（対象：エミカ・キングモールの両手）

個体識別名：封印されし暗黒土竜
形態　　　：唯一体
属性　　　：土
能力値　　：すべて不明（算出不可）
使役条件　：基礎気力95以上
　　　　　　穴掘りスキルＬｖ．７以上

「やっぱり……」

「あ、暗黒土竜……？」

「エミカ、これから私の結論を言うわ。ちょっと長くなるけど、聞いて」

「うん」

「通常、能力付与効果のある武器や防具を装備した人物を〝生物解析(アナライズ)〟しても、基本能力値やスキルレベルの変動が数値として表れることはない。だけど、変身魔術でモンスターに化けた人物を〝生物解析(アナライズ)〟した場合、その基本能力値やスキルは変化したモンスターに準じて変動するの。これら二つの法則的条件を踏まえて考えると……エミカ、あなたの能力の異常変化は、あなたとこれが同調しているために起こっているものだと推測できるわ」

「ど、同調……？」

うー、まどろっこしくてわかりにくいなぁ。

こちらから顔を背けて、なんだかとっても暗い顔をしてるユイに、私はより簡潔な説明を求めた。すると、今度は一切の遠慮なく、幼なじみは明け透けに言い放った。

「あなたの手、なんかわけわかんないモンスターに寄生されてる」

「…………」

え？

11. 再びのミニゴブリン

「とにかく見たことも聞いたこともない症状だから、あなたの状態が危険なのかどうかも判断できない。私もギルド会長と相談して、情報を集めてみるけど、それまで決して無茶はしないように。いい？」

「ふぁい……」

最後に、ユイから忠告を受けてギルドを出ると、私はその足でダンジョンに向かった。羽根はものすごい高値で売れたけど、目標額には依然届いてない。モンスターに憑かれようがくよくよしてる暇などなかった。

「う、うぅ……生活は苦しいし、借金はあるし……なんかモグラの怨霊みたいのに取り憑かれちゃうし……もうやだよぉ～!!」

ま、さすがに心に負ったダメージは甚大で、くよくよどころか号泣しながら穴を掘ってた次第です。

んで、そんな精神状態が影響したのかどうかは不明だけど、その日の稼ぎは散々だった。掘れども掘れども、魔石クズのでないことでないこと……。結果は、昼から開始したとはいえ、この四年間でワーストの記録。泣きっ面に蜂だった。

やっぱ、地下一階層は掘り尽くしちゃったっぽい。

資源の枯渇問題は、こんな苦境の土壇場で重くのしかかってきた。

期限まで残り四日。それまでにあと十五万は稼がないといけない。寝ずに穴を掘ったとしても、よっぽどの運に恵まれないかぎりは難しそうだ。

あ、しかも私、幸運がマイナスのG判定になってるし、もう無理なんじゃ……？

そんなこんなで、私は採掘場所を替える決心をした。

翌日、いざ単独（ソロ）で地下二階層へと赴く。

何、問題はないさ。

すでに私は地下三十三階層まで下り立った女。

あの高い空を知り、屈強で凶悪なモンスターたちと対峙（たいじ）した経験を持つ者。もはや冒険者として、中級の域に達してると言っても過言ではないだろう。たかが地下二階層ごとき、恐れるものなど皆無！

「そろぉり、そろぉり……」

……ん？　おお、なんだなんだ、やっぱ楽勝じゃん！　モンスターぜんぜんいないし。いや、それとも私に恐れをなして逃げたか？

「かっはっは！　口ほどにもない‼」

そんな余裕しゃくしゃくの感じで、曲がり角に差しかかったところだった。

「「キー、キー！」」

「ひぃっ⁉」

ばったり出くわしたのは、トラウマのミニゴブリンの群れ。

私の膝ほどの高さしかないそいつらは、目が合うと一斉に襲いかかってきた。

「「「キー、キー！」」」

「「「キシャアー！」」」

「いやあああぁぁぁー‼」

とっさに反転して逃げるも、私はすぐに思いとどまって両足を踏ん張った。

「くっ……！」

いやいやいや、なんで逃げてるんだよ！　私の腕力めっちゃ上がってたじゃん！

Sだよ S‼　１００超えの S判定だよ⁉

こんな奴ら、あっという間にミンチにできるはずだ‼

「「「「「キー、キー！　キシャアー‼」」」」」

「くく、能無しのザコどもめ！　そっちがその気なら四年前の恨みここで晴らしてやる！　うりゃああぁぁぁあああ――‼」

次の瞬間、激しくぶつかり合う、自称中級冒険者ｖｓ．ミニゴブリンの群れ。

――ブンッ！

スカッ。

――ブンッ！

スカッ。

「……あ、あれ？」
「キー！」
「あっ！　ちょ、やめ――うぎゃあぁぁぁ～‼」

結果から言おう。
私は負けた。
完敗だった。

※以下、ダイジェストでお送りします。

まず一番先頭のミニゴブリンに私は先制攻撃。必殺のモグラクロー（あとから命名）を放つ。だけどこれがかすりもしない。あっさりとかわされる。その時点でもう頭が真っ白になる私。焦燥の中、さらに立て続けに放った二発目は虚空を切るというありさま。完全に攻撃の機会を失う。

そして背後に回りこまれた奴から飛び蹴りを食らい、あっさり転倒。そのまま次々と群がってきたミニゴブリンに、私は袋叩きにされた。

「ぎゃあああぁぁぁぁあああああ――――！」

ゲシゲシ、ポカポカと殴られる中、私はなんとか隙を見つけ抜け出すと、猛ダッシュ。すぐさま階段を駆け上がり、命からがら逃げのびた。

「い、痛。ぐぅ……う、うぅっ……」

結局、その日も私は資源の乏しい地下一階層で採掘をするハメになった。

ちょっとは強くなったと思ったのに、まさかまだミニゴブリンにすら勝てないなんて。正直、暗黒土竜の件よりよっぽどショックが大きかった。

「どなどなどーなー、どーなー……はは、あはは……」

二日連続で少ない稼ぎを手に、私は死んだ魚の眼で帰路についた。

「た、ただいまぁ……」

「やあ、お邪魔しているよ」

「へ？」

家に帰ると、白いドレスを着たきれいな女性のお客さんがいた。てか、よく見たらコロナさんだった。

「あれっ⁉　ど、どうしたんですか⁉」

「エミ姉にお話があっていらっしゃったみたいだから、あがってもらったの」

優雅に紅茶を飲むコロナさんの代わりに答えたのは、台所から顔を見せたシホルだった。

「うぅー……」

そんでもって珍しく迎えにこなかったリリは、その足元に引っついて落ち着きなさそうにしてた。あらら、まだ人見知り直ってないんだな、この子は。

「それじゃ、私、リリをお風呂に入れてきちゃうから」

「えぇー⁉」

「こら、あばれないの。いくよ」

嫌がるリリを離れの風呂場に連れていくシホルを見送ったあとで、私はコロナさんの向かいの席に腰を下ろした。

「よくできた妹さんだ」

「あはは、なんか気を回されちゃいましたね……。あ、それでコロナさん、今日は一体なんのご用ですか？」

「いや、何、用という用はない。ただやはり心配でね。少し様子を見にきたんだ」

「あー、それはそれは」

「ギルドの受付にはもう見てもらったのかな？」

「ええ、まぁ……」

私はユイが出した結論を、コロナさんに伝えた。

「……ふむ、人と共生するモンスターか。聞いたこともない……。しかし、もしかしたら〝魔剣〟や〝魔装〟といったものに近いのかもしれないな。そういった類いのアイテムは、秘術で生物の魂を宿らせた上で造るからね」

「へ？　んじゃ、この暗黒土竜にも意思が？」

「君は黒い箱の前に立ったとき、声が聞こえたと言ったね。ならばその可能性は高い」

「…………」

うーん。それならこの暗黒土竜、なんであれからずっと黙ってるんだろ？　話ができれば、私から離れてくれる方法も聞き出せるかもしれないのに。

「王都に戻ったら、私もそれ関係の資料を漁ってみよう。専門ではないが、もし何か役立ちそうなことがあればギルドに手紙を送る」

「ううっ、ありがとうございます……コロナさん……」

ミニゴブリンにボコボコにされたこともあってか、やけに人の優しさが身に沁みた。

「暗黒土竜の件はひとまずとして、何やら君は今ひどくダメージを負っているね。もしや家賃の件絡みかな？」

「これは……そ、その、非常に凶悪で強大なモンスターに襲われまして……」

「ふむ、相当深い階層で稼いでいるわけだな。事情はわかるがあまり無茶をしてはいけないよ」

「えっと、無茶と言いますか……。むしろ右も左もわからないと言いますか……。う、うぅっ……」

「ん、どうした？　エミカ・キングモール……？」

途中から見栄（みえ）を張った自分が居たたまれなくなって、私は今日あったできごとを半泣きで打ち明けた。

四年間、何も成長せず、ミニゴブリンにすら勝つことができなかった惨めな冒険者の話を。

「なるほどな……。だが、エミカ・キングモール、人には得手不得手がある。そこまで自分を責め立てる必要もあるまい」

「で、でも……！　私がもう少し冒険者としてマシな部類だったら、ミニゴブリンなんかに……ミニゴブリンなんかに負け――う、うぅっ……！」

「エミカ・キングモール……」

テーブルに突っ伏し、ついに本格的に泣き出す私。その姿を見かねたのか、コロナさんはそこで一つの提案をしてくれた。

「よし。ならば、私が手解（てほど）きしよう」

「て、手解き……？」

「ああ。正規の冒険者というわけではないが、これでも仕事柄ダンジョンに潜った経験は多い。初歩的なことならば戦い方も含めて君に指南してあげられるだろう」

12. モッコモコー狩り

「不束者ですが、どうかよろしくお願いします‼」

まさしく天の助け。

そして、切羽詰まったこの状況だ。遠慮してる余裕なんてこれっぽっちもなかった。

さっそく翌日、コロナさんのご厚意に甘えて、私は稼ぎもかねた指導を受けることとなった。

「ダンジョンで一番大事なのは、常に安全を意識して進むことだ。敵の多い場所、退路が確保できない場所は避けなければならない。だからこそ、最新の地図はすべて頭に入れておく必要がある。とっさのとき、瞬時の判断ができるようにね」

「なるほど……」

未だに地下一階層で迷うこともある私にとって、それは驚嘆に値する心構えだった。いや、そもそも地図とかギルドで買えるんだね。

「帰りは転送石があるが行きは自力で進むしかない。余計なことで時間を食えば、それだけ狩りの効率が悪くなってしまうわけだ。よって狩り場までの道中は、モンスターとの接触は極力避けて進むのが基本となる」

「行き当たりばったりじゃなくて、目的はちゃんと決めてってことですね」

「うむ。とりあえず今回は地下十二階層を目指す。ガスケ殿の情報では、そこに初心者向けの良い狩り場があるそうなのでな」

げっ、地下十二階層⁉　前回を考えたらだいぶ浅いけど、大丈夫かな……？

「不安はあるだろうが、まずは私の背中にしっかりついてくることだけ考えろ。荒療治だが〝習うより慣れろ〟というのも、ある面では物事の本質を突いた言葉だ」

「は、はいっ！」

「よし。では、行こうか」

見慣れた地下一階層からコロナさんは駆けた。

うわ、速っ！　もうあんな先まで⁉

「ひぃぃぃ～！」

体力的につらいなんてもんじゃなかったけど、私はなんとかその背中についていった。

てか、前回の経験も踏まえて、コロナさんはあらかじめ最短ルートを調査してくれていたらしい。一つ下の階層へ下りたかと思えば、またすぐに次の階層という感覚だった。トントン拍子に、信じられない速度で私たちはダンジョンを潜っていった。

結局、最初のボスが出現する地下十一階層まで戦闘は一度も起こらなかった。

「あれがこの階層のボスだ」

「ひぇっ、ボスとか初めて見た！」

前回、休憩場所として使った大広間のド真ん中。

そこには半人半牛の怪物がいた。身の丈は人の二倍ほど。両手にはそれぞれ巨大な斧と棍棒が握られている。

「〝ミノタウロス〟だな」

「あ、あれが……」

ミノタウロスの周囲では、五人の若い冒険者が武器を振るっていた。まさにボス戦が行なわれている真っ最中だった。

「このまま十二階層に下りちゃいます？」

階段は広場の一番奥にあった。今なら注意が向いてないので、円周に沿って進めば楽に下りられそうだ。

「……いや、若干旗色が悪いようだ。少し加勢しよう」

そう言うとコロナさんはこちらが返事をする間もなく、ものすごい勢いで飛び出していった。接近してくる彼女を撃退するため、斧を振り上げるミノタウロス。だけどその動きは、コロナさんと比べるとあまりに鈍かった。

「グガアアァァァアアアッー‼」

まずは右足を切りつけ、相手の体勢が崩れたところを背後へと回りこむ。そして、がら空きの背中を一突き。

見蕩れるほど、それはあざやかな連撃だった。

「今だ、圧せ圧せっ――‼」

敵が怯（ひる）んだと見ると、そこからは周りの冒険者も一気に攻勢に出た。次々と刃が振り下ろされ、拮抗していた戦闘はあっという間に一方的なものに変わった。

「はへぇ……」

どうやったらあんなに速く、そして舞うように動けるんだろう。今、自分に足りてないもの。そのあまりの多さに気づかされ、ただ圧倒されるばかりだった。

まだ、狩り場にも着いてないのに……。

「もう彼らだけで問題ないようだ。先へ進もう」

「あ、はい！」

そのまま地下十二階層に下りると、私たちは東にある森へ向かった。

「いたぞ、エミカ・キングモール。あれが今回の獲物だ」

「うわ、なんですかあれ？　か、かわいい……！」

鬱蒼（うっそう）と茂る木々の中、そこにいたのは白い綿毛のモンスターだった。スイカほどの大きさで、愛くるしいその姿は、まるまるとふわふわしている。

「あれは〝モッコモコー〟だ。捕まえるとショック死するほど臆病なモンスターだが、動きは素早い。あれを狩っていけば、俊敏性や命中力を高める良い修練になるだろう。必ずドロップする良質な綿毛も素材として高い値がつく」

「おー、高級素材⁉」

なるほど、攻撃してこないモンスターならば私でも安心。まさに、打ってつけの相手だった。

「よっし、じゃんじゃん捕まえるぞー！」

――狩りを開始して二時間(アワ)経過。

「ぜぇ、ぜぇ……、ぜぇっ……」

ただ今の成果、未だゼロ匹。

「そっちにいったぞ！」

「う、うぐっ……！」

――サササッ!!

これでもう何十回目か。

息も絶え絶えで顔を上げると、コロナさんが追い立ててくれたモッコモコーが、また木々のあいだを縫うようにしてこっちに向かってきているのが見えた。

「こんのぉ――!!」

今度こそ！

という想いで両手を伸ばし正面から飛びつくも、白い綿毛は素早く、そして無情にも方向を変える。

――ドガッ！

次の瞬間、木の根元に激突する私。

まぶたの裏側で、チカチカと火花が散った。

「痛っつ〜‼」

「大丈夫か、エミカ・キングモール⁉」

「う、うぅ……うっきぃ〜！　一匹も捕まえられないぃ〜〜‼」

「あまり根を詰めてもしかたない。ここらで少し休憩としよう」

「ふぁ、ふぁい……」

私は木漏れ日の中、そのまま寝転んで深緑の枝葉を眺めた。

「あ〜あ……」

やっぱ私ってダメダメだ。

具体的に何がダメって、動きがほんと鈍い。あと、判断も悪い。焦るとわけわかんなくなって、何もないとこでコケたりするし。たぶんこれじゃ冗談抜きでモッコモコーを一匹捕まえるのに、十年ぐらいかかっちゃいそうだ。

「はあああぁ〜……！」

「エミカ・キングモール、静かにっ！」

完全にやる気を失って大きなため息を吐いてると、唇に人差し指を当てたコロナさんが深緑で埋まった私の視界に入ってきた。

あれ、もう休憩終わりですか？　いや、それにしては早すぎるか。何かしらの事態を察した私が静かに起き上がると、コロナさんは目配せしたあとで言った。

「見ろ、特殊体だ」

「……え？　うわ、金ピカ⁉」

離れた木々の根元だった。

そこに、黄金色に輝くモッコモコーがいた。

「見るからにレアモンスターっぽいですね……」

「私が回りこんでこちらに追い立てる」

「えぇ⁉　さすがに逆のほうがよくないですか？」

「いや、ダメだ。それでは意味がない。あれは君が捕まえるんだ。いいね？」

「あっ……！」

私の返事を待たず、コロナさんは森の奥に入っていった。だけど大回りする形になるので、あの特殊体の裏を取るにはまだしばらく時間がかかるだろう。

そのあいだに私は覚悟を決めた。

「よし！」

これがもうラストチャンスだと思え！　どんな手を使っても、必ず捕まえるんだ！

「行ったぞ――！」

――ササッ、ササササッ‼

何度も繰り返した作戦どおり。やがて回りこんだコロナさんが、金のモッコモコーをこちら側へ追い立てた。

きたっ！　くっ、特殊体だけあってさらにすばしっこい⁉

でも、焦ってはいけなかった。

もっと、もっとだ。

ギリギリまで引きつけて、木の陰から飛び出さなければ。

――サササッ‼

よっし、今‼

タイミングとしては、ここしかなかった。

鉢合わせた瞬間、相手がこちらに驚いて進路を変える。金色の輝きが鋭角に曲がる一瞬だった。

その動く方向に、私は山を張った。

右へ‼

飛ぶと同時、金の輝きは目の前にあった。

やった！　賭けに勝った‼


――シュンッ！


「えっ⁉」

歓喜も一瞬、獲物は突如として加速。モグラの爪先に触れるすんでのところをすり抜けた。

離れていく、金色の毛玉。

空中にいるこちらが加速する方法はない。

もう残された手立ては——

「——ぬうっ！」

いや、まだだ。

まだ諦めない。

「どりゃあぁぁー‼」

頭から地べたに突っこむ間際のこと。

私は、とっさに地面を殴った。


——バコォン‼


鈍い衝撃音とともに地面が消え、目の前に暗闇が生まれる。次の瞬間、私は上半身から金のモッコモコーと一緒にそこへ落ちた。

「うべっ⁉」

「キュゥ〜⁉」

——ポンッ！

あ、モッコモコー！　なんか弾けた⁉

「大丈夫か⁉」

駆けつけてくれたコロナさんが、すぐに私の両足を引っ張り上げてくれた。

「ぷはぁ〜！」

地上に出て、頭から埋まっていた場所を見ると、そこは見事に真四角に抉られていた。

深さは、私の腰の高さよりちょっと高いぐらいだと思う。横面は土で覆われ、底面にはダンジョンの外層である赤黒いブロック壁が露見していた。

「……これは、君がやったのか？」

「え？　あ、はい。一か八か、びっくりさせてやろうと思ったらなぜかこんな大穴が……。元々地面に空洞でもあったんですかね？」

「いや、おそらくその爪の力だろう……。しかし、穴が深くなくてよかった。底の一面に赤黒い外層があるということは、そこで力が打ち消されたのだろう。知ってのとおりダンジョンの外層はあらゆる打撃も魔術も打ち消すからね。ま、その上にあった土がどこに消えたかという興味深い謎は残るが……」

「んっ？　コロナさん、今穴の中で何か光りませんでした？」

もしかしたらモッコモコーが落としたアイテムかもしれない。底面を調べるため、コロナさんの了解を取ってから私は再び穴の中に入った。

「……あれ？」

なんか足元、よく見たら亀裂が入ってるような？　いや、でもこれ破壊不能のダンジョンの外層だし、気のせいだよね？

「…………」

「エミカ・キングモール、どうかしたか？」

「あ、いえ！」

うん。とりあえず、見なかったことにしよう。

それより今は、光の正体を探るほうが先だ！

「たしか、この辺だったような気が……お、あった！」

底に落ちていた硬い物をつかみ上げて、木漏れ日の下にさらす。すると次の瞬間、ずっしりと重い謎の塊は激しく輝いた。

「コロナさん……これ、なんかものすごく魅惑的に光ってるんですけど、何ですか……？」

「ふむ。この輝きは間違いなく金だな。少なく見積もっても、三百万以上の価値はありそうだ」

「さ、三百万っ⁉」

まさに絵に描いたようなお宝。特殊体のモッコモコーがドロップしたのは、こぶし大の金塊だった。

「あわ、あわわわわわ！」

思いがけない貴重品を手に入れたため、私たちは転送石を使って早々に帰還した。

「──え、なんでですか⁉」

そしてダンジョンを出ると、私とコロナさんは取り分の問題で揉めた。

「一緒に協力して狩ったんだから、せめて半分こにしましょうよ⁉」

「いや、その金塊はすべて君のものだ、エミカ・キングモール。ダンジョン内で発生した利益はすべて冒険者が手にする決まりだからね。王都の研究員として調査資格はあっても、アイテムの入手権利は私にはないんだよ」

「で、でも……！」

そんなの、黙ってれば別にバレないじゃないですか！

なんてことを言ってしまいそうになって、私は慌てて自分で自分の口を塞いだ。それはおそらく、コロナさんが一番嫌いそうな考え方だ。

自分に厳しそうな人だし、何があっても彼女が儲(もう)けを受け取ることはないだろう。

ただここまでお世話になった上、最後まで譲られっ放しというのも心苦しかった。何かちょっとでも、私から返せるものはないか……。

「明日の夜、ウチにきてください！」

考えた末、私はコロナさんを晩ご飯に誘った。

「ごちそう用意して待ってますから！」

「いや、しかしだな……」

それも最初は断られたけど、しつこく誘って決して譲らない姿勢を私が見せると、コロナさんも最後にはポッキリと折れてくれた。

「はぁー、やれやれ……君も相当な頑固者だな。わかった、私の負けだ。明日は昼食を抜いた上で伺わせてもらうよ」

「ほんとですね⁉　絶対ですよっ！」

しっかりと約束を交わしてコロナさんと別れると、その足でギルドに向かった。

まだ日は高い。ギルドの窓口も余裕で開いてる。

なので、私はさっそくアイテムの換金を試みた。

「エ、エミカ、あなたついに……」

だけど金塊の査定を頼むと、なぜか受付のユイには哀れむような眼差しで見られた。

「生活が苦しいからってダメよ！　こんなことしては！」

「へ？」

「怒らないから正直に言って、こんなものどこから盗んできたの⁉」

「…………」

どうしよう。私の信頼度、低すぎだった。

「だーかーらー！　ちがうんだってばー！」

「ご、ごめんなさい……あなたがつらい時期に、力になってあげられなくて。でもね、今ならまだ間に合う、間に合うから……」

結局、そのあとも衛兵所への自首を涙ながらに促され続け、誤解を解くまではかなりかかった。

13. これからのこと

翌早朝、前日に銀行で発行してもらった小切手を手に、私は大家さんの邸宅に向かった。場所はご近所さんなので目と鼻の先。チリンチリンと玄関の呼び鈴を鳴らすと、大家さんはすぐに扉を開けてくれた。

「ほぉ、こいつは驚いたね。まさか、本当に金を用意しちまうとは……」

客間にあげてもらった私は平身低頭、家賃の支払いが遅くなったことをわびた。

「このたびは誠に申しわけありませんでした！　今後はこのようなことがないよう、誠心誠意努めてまいります！」

「あー、その件なんだがねぇ。悪いが、話が変わった。やっぱあんたたちには、あの家から出ていってもらおうかと思っちょるんよ」

「……へ？」

想定外の展開に思わず固まる。

「えぇー!?　な、なんでですか!?　いや、お怒りはごもっともですが……あっ、利子ですか!?　払えというなら払います！　ですので何卒ご慈悲を！　あの家を追い出されたら私たち――!!」

「まあ、待て待て。慌てず人の話は最後まで聞かんか。あたしはなぁ、もう疲れたんよ。あの人との思い出もある街だ。できれば死ぬまでここで……と、考えてはいたんだがね……」

この辺の大地主である大家さんは、もうずいぶん前からこの邸宅で独り暮らしをしている。そういえば、旦那さんには早くに先立たれたとは聞いていたけど、私は、この老人の家族を一度だって見たことがなかった。

「疾うの昔に勘当した一人息子から、こないだ手紙が届いたんじゃ。『こっちで一緒に暮らさないか？』と誘いがあっての……。あのバカ息子、飛び出したっきりどこをほっつき歩いてんのかと思えば、結婚してもう子供も三人いるんだと。嫌だね、歳は取りたくないよ。孫の顔を思い浮かべただけで、全財産売り払って隠居すんのも悪かねぇ、なんてこのあたしが思っちまうなんてね」

「大家さん……」

あー、と思った。

んで、納得して黙るしかなかった。

それは大家さんの、これからの人生の話だったから。

「そんな暗い顔しなさんな。心配せんでも、あんたらの代わりの家はあたしが探しちゃる。地主には知り合いが多いからの。今より条件がいい物件も見つかるじゃろ」

「……ありがとうございます、大家さん。あと、ほんとに最後まで迷惑をかけてしまって、ごめんなさい」

そのあとしばらく詰めの話をして、一ヵ月を目処に家から立ち退くことが決まった。

「引っ越しかぁ……」

家までの帰り道は、心に小さな穴が開いた感じで妙な浮遊感があった。そのままどこか上の空で帰宅。

台所ではもうシホルが今夜の料理の下準備をはじめていた。

「しかたないけど、寂しくなるね……」

事情を説明すると、シホルは沈んだ声で言った。気持ちは私も同じだった。ここは生まれ育った場所であり、お母さんと暮らした家でもある。失いたくない、たくさんの思い出があった。

「リリはまだ寝てるの？」

「うん。昨日興奮してなかなか寝つけなかったみたい」

「ま、三人で出かけるなんて、ほんと久しぶりだもんね」

でも、いつまでもくよくよしてたって何かが変わるわけじゃない。

私はリリを起こすと、きれいな刺繍（ししゅう）が施された白いワンピースをタンスから引っ張り出した。元はシホルに買ってあげたお下がりの服だけど、着させてみるとサイズもぴったりで、いい感じに似合ってた。

「わー、ひらひらー！」

新しい服が嬉しかったのか、その場で元気一杯くるくると回ってははしゃぐ我が家の三女。

てか、速っ！　嵐のときの風見鶏（かざみどり）を見てるみたいで、こっちのほうが目が回りそうだった。

「んじゃ、いこうか」

準備を整えて私たちは家を出た。ありがたいことに、先日の金塊で懐にはかなりの余裕がある。

メインの用事は昼の外食だけど、その前に市場で今日の食材を買ったり、必要な日用品をそろえる予定だった。

「あ、肉屋のおじさん！　今日は脂身ばっかのじゃなくてそっちの分厚い赤身で！」

「ちょ、エミ姉⁉　ものすごい高いお肉だよ……？」

「いいのいいのー。てか、今日はた～んと贅沢しよう！　肉だけじゃなく、全部高級食材そろえてさ。シホルもそのほうが料理のしがいがあるでしょ？」

「それはそうだけど……」

「おねーちゃん、フルーツキャンディーたべた～い‼」

「おっけーおっけー！　今日は何本でも買っちゃうぞ～！　かっはっは‼」

「わーいわーい！　おねーちゃんふとっぱらー！」

「いいのかなぁ……」

新鮮な肉、魚、貝類、各種野菜に果物をどっさり買いこむと、私たちは魔術用品が並ぶ一角に向かった。

「見て、シホル。本日の目玉商品、加圧式術釜だって。なんかこれ内側に風の魔術印が彫ってあるみたい」

「普通のお鍋より中があつあつになるから、短時間で調理できるってやつだね」

「あっ！　あっちは名匠ドワーフが打った万能包丁だってさ。せっかくだし両方買っちゃおう」

「エミ姉……」

そのあとも燃料用の炎岩や衣類なんかを購入。姉妹三人で大量の荷物を抱えることになった。

「わー！　いっぱーい！」

「いくらなんでも買いすぎだよ……」

「あはは、さすがにちょっと疲れたね」

体力も限界だったので、私たちは休憩がてら近くのレストランに入って少し早いお昼を取った。

「な、何これ、すごく美味しい……」

「うん、うまいねっ！」

「うまぁーい♪」

相当腕のいいコックさんがいるんだろう。出てきた料理はどれも絶品だった。

「どうやったらこんなに美味しい料理が作れるのかな……」

「レシピ聞いてみたらいいじゃん。教えてくれるかもよ」

デザートのあと料理長を名乗る男の人がやってきた。味の感想を聞かれた会話の流れで、シホルが調理法についていくつか質問すると、彼は快く、そしてていねいに答えてくれた。

「お客様、またのお越しを心よりお待ちしております」

――チリンチリン。

満腹満悦の中帰宅すると、シホルはすぐに料理の準備に入った。どうやら料理長の腕と、そのアドバイスが彼女のスイッチを押したらしい。

今日購入した新しい調理器具も使いこなしながら、シホルは次々と料理を完成させていった。

「あ、いけない！　ちょっと作りすぎたかも……」


——牛肉の岩塩焼き。

——川魚とハーブの炒め物。

——魚介と野菜の炊き込みご飯。

——海老とニンニクの揚げ物。

——鶏肉とナッツの油焼き。

——ニンジンとバターの甘煮。

——赤キャベツとタマネギのぶどう酢漬け。

——チーズと卵のふんわり焼き。

——カボチャの冷製スープ。

——果物の盛り合わせ。

——ｅｔｃ．


テーブルに並べきれないほどの料理。

んー、たしかにこの量は……。

だけど、そんな心配は約束どおりやってきたコロナさんが打ち消してくれた。

「——なんて美味だ！　これもこれも……これも⁉」

ほんとに昼を抜いてきたらしいけど、元々すごい食べる人なんだと思う。食べきれず無駄になっていたかもしれない料理を、彼女はきれいに平らげてくれた。

「エミカ・キングモール……君の妹さんは何者だ？　ここまでのレベルの料理を出せる店は、おそらく王都でも数店ほどだぞ……」

「よくできた妹なんですよ。悲しいことに姉と違いまして、ええ」

「もー、エミ姉ってば……。コロナさんもおだて上手なのはわかりましたから、もうからかわないでください」

「いや、決して世辞などで言ったつもりは……」

私もお世辞とは思わなかった。実際、今日のシホルの料理はいつもより数段上だ。食材や調理器具の効果もあるんだろうけど、今日の経験で妹のスキルが大幅に上昇したであろうことを、私は舌の上ではっきりと感じ取っていた。

ま、これが才能ってやつだね。

「後片づけなら私も手伝おう」

「あー、ダメダメ。それはダメですよ。コロナさんはお客さんなんだから、ゆっくり食後のお茶でも飲んでてください」

「エミ姉、食器どんどん持ってきちゃってー」

私とシホルが席を立つと、コロナさんとリリは、そわそわと落ち着かない様子を見せた。

「はしのとこにいたらね！　おねーちゃんがね、たすけてくれたのー！」

「そうか。エミカは本当に優しいお姉ちゃんだ」

「うん！　わたし、おねーちゃんのことすきー！」

だけど不思議なことに、洗い物を終えて戻ってくると二人は楽しそうに会話をしていた。

どうやらコロナさん、子供の扱いには相当慣れてるみたいだ。たぶんまだ結婚はしてないだろうから、弟妹が多いのかもしれない。

そのあとシホルがリリをお風呂に連れていったので、私はお茶のおかわりを淹れ、しばらくコロナさんと話しこんだ。

昨日、ユイに疑われたこと。

だけど、そのお金で滞納金を払えたこと。

でも結局、家を立ち退くことになったこと。

「そうか。しかし、大家が決めたならばしかたないか。土地と建物の権利を買うとしたら、数千万単位の額が必要になるだろうしな」

「はは。とてもじゃないけど、払えませんね……」

「それで、君はこれからどうするんだ？　本気で冒険者としての道を目指すならば、私がこの街に留まっているあいだはまだ力になれるが」

「……それも、あらためてお願いしようかどうか迷ったんですが、やっぱ私って、まともな冒険者としてはやっていけそうにないかと……。ま、結局、底辺はどうあがいても底辺なんですよね。だから——」

「それは、私の見立てとは正反対だな」

「え？」

思わず聞き返すと、コロナさんはこちらをじっと見据えながら言った。

「きっと君は将来、歴史に名を残すほどの人物になる」

「わ、私が……？」

「君があのコカトリスに立ち向かい、打ち破ったとき、言葉では言い表せない、何かとても神聖なものを感じた。まるで、絵画の中の英雄のような」

「あんなこと、たぶんもう二度とできませんし、できてもしません……」

「それでも一度は為（な）した。エミカ・キングモール、君は勇気ある人だ。生まれながらに、正義を知る者だ」

「……あの、私は私のことをよく知ってるんで、わかるんですけどね、私はそんな奴じゃないですよ。ほんとに頼りないお姉ちゃんで、ダメダメのダメ人間なんですから」

「親と逸（はぐ）れた幼児を保護し、なんの見返りもなしにその子を育てているような人間がか？」

「えっ！　な、なんでそれを……？」

「ああ、すまない。先ほど、偶然聞き出してしまったんだ。彼女――リリは、君たちの本当の妹ではないのだろう？」

「………………」

もー、リリってば、よそ様にペラペラと。あとで叱ってやらねば。

「ま、特に隠してるってわけじゃないんで、別にいいんですけど……。四年前、橋の下で泣いてたから私が家に連れてきたんです。わけを聞いたらお母さんがいなくなったって言うんで、あの子はそれ以来、ウチの子です」

「やはり私の眼に狂いはない。君は正しい道を選べる人間だ」

「うー、そのほめ殺しいい加減きついです……。ほんと勘弁してください……」

「ふふ、悪かった。だが、君は君が思っているような可能性のない人間ではない。これだけは揺るぎのない事実だ。どうか覚えていてほしい」

「……私、小さな頃は偉大な冒険者になるつもりでいました。でも、それが無理だとわかったらもう夢なんて持てなくなって……」

「君のこれからは、自分自身で決めるしかない。だけど、大丈夫だ。私が保証するよ。君はただ、君が思った道をいけばいい」

「こんな私でも、何かになれるんでしょうか……?」

「繰り返しになるが、何度でも言おう。君は――正しい道を選べる人間だ」

「…………」

言葉が胸に刻まれ、温かいものが身体の芯の奥にまで、すーっと沁み渡っていく。それは甚だしいまでの過大評価だったけど、私の心を救い、感銘を与えてくれた。

この日、コロナさんからもらった言葉を、私は生涯において忘れないだろう。

14. 爪の法則

私の、これから――

夜、今の自分にできることを考えてみた。

両手を、見つめながらに。

まず、一撃でコカトリスを倒し、一瞬で階層地面に大穴を開けたという二つの事実。

モグラの爪に秘められた力。

それはひょっとして、ものすごいものなのではなかろうか？

『――決して無茶はしないように』

ふと、ユイの忠告が頭を過ぎる。

それでも、将来のことを考えればこの力を詳しく調べるべきだと思った。この爪との付き合いは永くなる。なぜか私の中にはもう、そんな確信に近い予感すら芽生えはじめていたから。

「さてと」

コロナさんをおもてなしした翌日、さっそく私は一人検証をはじめた。

場所はおなじみダンジョン地下一階層。黄金のモッコモコーを捕まえたとき（実際は捕まえてないけど）の感触を思い出しながら、私は両手で横穴を掘ろうと試みる。

モグラの爪で壁を削る——というよりは、軽く壁を殴るイメージ。

——バコォ！


結果は、実にあっさりと、きれいに穴が開いた。

「おー！」

出現した空間は前回のものと同じく、縦・横・奥行きがそれぞれ一フィーメルほどで、きれいな四角の形をしていた。

「中に入るには、ちょっと狭いか……。よし、それなら！」

四角い二つの穴を、上下に繋げるイメージ。

続いて、私は壁の上部を殴った。次の瞬間、そこは縦幅二フィーメルほどの空間に広がって、狙いどおり、人が立って入れるほどの窪(くぼ)みになった。

「うわっ！　すごいよ、これ‼」

奥に進むと、さらに上下の二ヵ所を殴る。

また奥へと進み、上下を殴る。

それを繰り返すことで、いとも簡単に通路を延ばすことができた。

「シャベルで掘るよりも断然速い‼」

そのまま調子に乗って、通路の先で巨大な広間を作って遊んでると、迷いこんでやってきた初心者っぽい冒険者にびっくりされた。

「うぉ、なんだここ!?」

「あ、ごめんなさい。穴掘り中です……」

まずいまずい。

自重自重。

んで、調査を二日ほど続けて色々ためしてみたけど、わかったことは大体こんな感じだった。

①掘った土や岩はどこかに消える。
②魔石クズや鉱石も消えてるっぽい。
③モグラの爪で掘った部分も、ダンジョンの〝状態回復作用〟が働く。
④掘り立ての内壁は、まるで時間が止まったように地層が固められている。

①と②については、暗黒土竜が取りこんでるんじゃないかと仮説を立ててみたけど、証明しようもないのでその点については保留。魔石クズや貴重な鉱石だけを消さずに回収できれば、ものすごい効率で稼げるはずなのでこの点はほんとに残念だ。
③については、どれだけ大きな空間を作っても一日経てば元に戻った。この点は通常の穴掘りとルールは変わらない。
④については、一粒さえ土が落ちてこないので驚いた。穴掘り中、崩落の危険性を考えないで済

むというのはマジでありがたい。

と、ある程度のことを調べ終えた私は、いよいよ本題に臨むことにした。それはズバリ、ダンジョンの外層についてだ。モッコモコーがドロップした金塊を入手する際、足元にあった亀裂。検証をはじめてからというもの、それがずっと頭の中で引っかかっていた。

ダンジョンは、神様が創った構造物だと信じられている。

遥か太古に建造されたもので、その外観が変わることはない。

破壊されることなく、朽ちることもなく、ただ、永久にあり続ける。

それが、この世界の法則。創造主が定めた掟。

「…………」

だけど、もしかしたらこの爪は、神様が創ったそんな理すらも、捻じ曲げることができるのではないか。

「なんか、ドキドキしてきた……」

上下二段の掘削方式で、さくっとダンジョンの行き止まりである外層にたどりついた私は、深呼吸で一度気持ちを静めた。

「すー、はー……すー、はー……。よっし、やるぞ!!」

たぶん、普通に横穴を作る程度の力じゃダメだ。私は気合を入れて、こぶしに力をこめた。

「おりゃあああぁー!!」

い、い、壁を殴る――!!

――ブオォン。

次の瞬間、狭い穴の中で響いたのは、不気味な異音。音にびっくりして顔を上げると、目の前には茶色い地層があった。

「え？　あ、これって、ダンジョンの外の土……!?」

赤黒い壁――外層が、四角く刳り貫かれていた。

「で、できたー!!」

外層の断面を見てみると、厚さは本の背表紙ほどしかなく、信じられないほどに薄かった。これで地上部分の塔が自壊せずに建ってるってのもすごい話だ。

もしかして、この断面見た人って、世界で私が初めてなんじゃ？　あ、てかその前に、そもそもこれって、壊していいものだったのかな？

「ははっ。ま、深くは考えないでおこう……」

そのあと数日かけて調査を続けたけど、外層にも前述した①~④の条件がすべて当てはまった。

爪で破壊した瞬間に外層はどこかに消え、その後、状態回復作用によって一日ほどで復元されるといった感じ。

あと追加の実験で、新しく判明したこともある。

破壊した場所につるはしを突き立てて置いて一日経ってから戻ってみたところ、つるはしの先端が刺さった状態のまま復元していた。

ためしにそのつるはしを外層から引き抜いてみると、刺さっていた場所に残った小さな穴は、状態回復作用によって速やかに塞がった。つまりこれは、外層を破壊したあと、そこに何か物を置いておけば壁の修復を防げるってことだ。

てかヤバい、なんか私どんどんモグラの爪について詳しくなってる。ま、ただこの力が具体的に何に使えるのかっていう肝心な部分は、まだ何も思いついちゃいないんだけど……。

「ん？　あ、そうだ！　地面を掘って一気に階層を下りちゃうってのは⁉」

いや、ダメだ。どこに落ちるかもわからん。

それに無事に下りられたとしてそれがなんになる？

モンスターの餌食になるだけだ。

「うー、なんか良い活用の方法ないかなぁ……」

こうなったらユイに相談を——って、いや、それこそ絶対にダメだ。

今回はすでに釘を刺されてる。アドバイスを求めても反対されるのは目に見えてるし、とても頼れる状況じゃないや。

——グゥ〜！

「あ、もうお昼の時間か……」

ダメだ。おなかが減ってたら妙案なんて浮かぶはずもない。

というわけで、私は昼食を取るためダンジョンを後にした。

15. 閃き

ギルド内に併設された酒場で昼ご飯を食べるってのが、私の最近の日課だ。

ま、懐に余裕があるあいだは、って話だけど。

店内は繁盛してて、けっこう騒がしかった。

「ええっと、空いてる席はー」

「おっ、姫さんじゃねぇか」

静かに食べられそうな席を探していると、ふと近くから声をかけられた。隣のテーブルを見る。

そこには不敵に笑うガスケさん。

うん、知ってた。私をそんな呼び方で呼ぶの、この人だけだもん。

「酒場にいるなんて珍しいな、昼飯か？」

コクリと頷くと、前の席に座るよう促された。断る理由もないので大人しく着席する。同時に良い匂いがしたので視線を落とすと、そこにはジュウジュウと音を立てている肉厚のステーキがあった。

「なっ！」

お昼からなんていいものを⁉

上級冒険者様相手にナチュラルに殺意がわいたけど、これも全部貧乏が悪いんだと思って耐える。妬み嫉みは何も生まないのだ。なので代わりに、物欲しげな表情で同情を誘ってみた。

「じー」

「やらねーぞ」

「ぐぬっ……」

残念ながら作戦は失敗。

しかたなく通りすがったウエートレスさんに普通に注文しとく。こないだド派手に散財したばかりだってこともあり今日は節約モード。ここはパンとゆで卵のセットに決定。

「ねえねえ、昼間からお肉ってことはさ、もしかして今日ダンジョンにいくの？」

「ああ、ちっと単独狩りにな。そういや姫さんは修行中なんだって？　騎士さんから聞いたぜ。なんなら一緒にくるか？」

おお、願ってもないお誘いきた！

「最近は安定して稼げる二十階層から二十四階層辺りが穴場だぜ」

「げっ！　に、二十……!?」

いやいや、無理無理。余裕で死んじゃう。

「てか、単独でもそんな深いとこまで潜るんだ……」

「そんな深かねぇよ。ただ三十階層以上になると、どうしても団体パーティーとカチ合って効率が下がるからな。妥協して二十階層台を狙うのがベターなんだよ」

　ガスケさんが言うには、団体パーティーと狩り場が重なってしまった場合、ソロプレイヤーは譲らないといけないとか。ただ、特にギルドでそういう制約があるってわけじゃなく、冒険者同士の暗黙のルールってやつらしい。

「そもそもダンジョンってのは、攻略するためにあるってのが前提だからな。単独(ソロ)でクリアを目的にしてるような連中はいないってことで、身を弁(わきま)えろって話なんだろ」

「でも、肩身が狭いソロプレイヤー同士が近い階層で集中しちゃったら、それはそれで揉めそうだね」

「いや、それがそうでもないぜ。それぞれある程度は縄張りを決めてるからな。それにピンチのときは互いに助け合うことだってある。ま、集団は集団の中だけで情報を共有して秘匿する分、ソロプレイヤーはソロプレイヤー同士で結びつきが強いってわけさ」

「はへー」

　なるほど。さすがに冒険者歴が長いだけあって、ガスケさんの話は勉強になるね。

　よし、この際だ。色々と訊いてみよう。

「上級冒険者なら、外の依頼とか受けたりしないの？」

「外の依頼ってのは基本長期任務になるからな。その上、ほぼ間違いなく団体行動だ。俺には合わんな」

「でもさ、いつも二十階層まで下りるのって大変じゃない？」

「慣れたダンジョンではあるが、まーそりゃな。途中でモンスターの群れに出くわしたり、厄介な個体を避けて遠回りしなきゃいかんかったりと、イレギュラーも偶発しまくる。ま、帰りは転送石があるから楽だがな」

「あっ」

ふと、そこで不意に妙な引っかかりを覚えた。

なんだろう。うまく言葉にできないけど、今、何かとても重大なことに触れた気がする。

「どうしたよ、姫さん？　急に固まっちまって」

「…………」

ガスケさんは今たしかに言った。帰りは転送石があるから楽だと。

だけど、〝行き〟については……その〝行き〟については──あ、そうか！

「問題は行きだ⁉　てか、それだよ‼」

「は……？」

こんな単純なアイデア、どうして今の今まで出てこなかったんだろ。だけど、思いついてさえしまえばもうこっちのものだった。

浮かび上がったのは値千金の閃き。

──ピコーン！

「ねえねえ、ガスケさん！」

「……お、おう？」

「もしダンジョンの地下二十階層まで一気に下りられる階段があったら使う⁉」

「あん？　そりゃなんの例え話だよ？」

「いいから答えて！」

「いや、使うだろ、普通に考えて……。てか、行きだけじゃなく帰りも使うわな。転送石一つの値段もバカにならんし」

「おーおー！」

ガスケさんの回答に満足した私は、テーブルから身を乗り出しながら矢継ぎ早に質問を続ける。

「その階段、実際に存在したら一回の利用でいくらまで出せる!?」

「もしものわりに、やけに真剣だな」

「ねえねえ、いくらいくら!?」

「あーっと、そうだな……。まず、転送石が最低でも一つ七千マネンとして」

「えっ！　あれってそんなにするの!?」

「あくまで最安値で入手できたとしての話な。あと行きの労力と時間、すべて狩りに充てられるとして……うーん、大体このぐらいか？」

そう言いながらガスケさんは右手の指を三本立てた。

「……え、三千マネン？　なんで下がっちゃうの？」

「バカ。三万だ、三万」

「さ、三万っ!?」

「ああ。二十階層まで下りるのにどれだけ急いでも一時間(アワ)はかかるからな。ベテラン冒険者なら、いい加減メシが冷めちまうよ」

そのあいだに元手は十分稼げるだろう。それにプラス転送石の代金も考えれば、もっと払ってもいいぐらいか……って、もうこの辺でいいか、姫さん？　いい加減メシが冷めちまうよ」

「…………」

一度の利用で三万マネン。

これは、えらいこっちゃ。

「はっ!?　悠長にご飯なんて食べてる場合じゃないよ!!」

――ガタッ!!

「あ？　おい、どこ行くんだよ、姫さん？　おーい……？」

16．　下準備

何よりも最初に必要なのは道具。なのでギルドを飛び出した私は、まずはその足で街の魔道具屋さんに向かった。

「いらっしゃいませー」

「ふむ……」

大きな店だけあって品ぞろえはよさそうだ。

ただ、棚に並べられた商品がどういった効果を持つ物なのか、知識のない私にはちんぷんかんぷん。

とりあえず、もしものための転送石を数個と、照明用の光石を大量に買いこんだあとで、私は黒いトンガリ帽子の店員さんにたずねた。

「それでしたらお客様、こちらの商品がぴったりかと」

ダンジョンで今いる階層がわからなくなってしまったとき、サポートしてくれるアイテムはありませんか？　私がそんな感じの質問をすると、店員さんは懐中時計のような形の魔道具を勧めてきた。

「――〝深度計〟でございます」

その名のとおりダンジョンの深度がわかるという便利な道具らしい。

金属のケースをずらすと、中には極小の透明な球体がびっしりと敷き詰められていた。どうやらダンジョン内で開くと、今いる階層数がそこに表示されるみたいだ。より細かい説明を聞くと、なんでも失われた古代の技術（？）が使われている品物で、この店の一点物なんだそうな。

「おいくらで？」

「サービスさせていただきまして、このお値段でいかがでしょう」

「うわぁ……」

さすがにちょっと値は張ったけど、これからやる作業を考えると必要なアイテムだ。先行投資は厭（いと）わず、私は即決で購入。

そしてそのあとは雑貨屋なども回り、ランタンケースにペンキ、木材など含めてもろもろを買い入れた。

「うーん。ダンジョンから遠すぎてもダメだし、近すぎてもなぁ」

大体必要な道具もそろったところで、私は次に地上の入口について考えをめぐらせた。作業しやすいように、ある程度の広さはほしいところだ。

そんでもって、人気のない場所となると……。

「あ、そうだ！」

それらの条件で、ぱっと思い浮かんだのはギルド裏にある空き地だった。

「裏の荒れ地？」

ギルドに〝Uターン〟して、さっそく情報を持っていそうなユイに訊いた。

「昔は冒険者用の宿泊施設があったらしいわよ。でも、寝ぼけた魔術師が魔力を暴発させてね。幸い死者は出なかったみたいだけど、建物は残骸と化して撤去。それ以来、更地になっているって話よ」

「んじゃ、今は誰も使ってないんだね⁉」

「そうだけど……どうしてそんなことわざわざ訊くのよ？」

「え？　いや、別に……ちょっと訊いてみただけ……」

「怪しいわね……」

「あっ⁉　私、用事があったの思い出した！　じゃあね、ユイ‼」

本格的な尋問を受ける前に私は受付に背を向けて逃走。事なきを得た。

そのまま建物を出て裏手に回ると、私は立地をあらためて確認した。

うん、完璧だね。我が家が数軒は建つほどの面積で広さは十分だ。その上、周囲は建物の壁と雑木林に囲まれていて目立たない。ダンジョンから百フィーメルほどという距離も、モグラの爪であれば造作もないだろう。

「さて、おっぱじめますか……」

キョロキョロと辺りに誰もいないことを確認したあとで、私はさっそく空き地の北西地点に狙いを定めて穴を掘った。

地上の地層も、ダンジョンの土と変わらず掘れることはすでに検証済みだ。入口の部分は少し広めに作ることを心がけて、直下に掘るのではなく、階段状に一段一段掘り下げていく。

やがて地下四フィーメルほどの深さに到達すると、そこからは地面と平行に、ダンジョンがある真北の方角へまっすぐに掘り進めていった。

——ボコ、ボコ、ボコ、ボコ、ボコ。

——ボコ、ボコ、ボコ、ボコ。

——ボコ、ボコ、ボコ。

——ボッ、ドン！

「あれ、もう……？」

弾かれるような感覚に驚いて、屈んでヘッドライトを足元の奥に向けると、そこには赤黒い壁があった。

しかし、まだそれほど掘り進めた覚えはない。予想外に早い外層への到達に、私は首を傾げた。

「うーん。ま、いっか……」

とりあえず今は作業を優先させよう。

高さ二フィーメル×幅一フィーメルの侵入口を作るため、私は全力のモグラクローを二発、ダンジョンの外層に向かって打ち放った。

――ブオォン、ブオォン。

例の異音とともに、外層がドア状に刳り貫かれると、私はさらにダンジョン内の土を一ブロック分取り除いた。

そのままその空間に手を差し入れ、先ほど購入した深度計を開く。明滅する無数の光の点。やがてそれは数値となって、ここが地下の一階層であることを示した。

「よし、この方法いける！」

でも、さっきのことが少し気になったので、そこで私は一度地上の入口までの歩数を数えて引き返した。

それが終わると、地上でもダンジョンまでの直線距離を歩数で数える。

結果、地下の歩数は、地上の歩数の半分ほど。

どうやらモグラの爪で外の地面を掘ると、距離が短縮されるみたいだ。難しい理屈はわからないけど、掘った内壁が時間を止めたようにカッチカチに固まってるのを考えると、爪は空間になんらかの影響を及ぼしてるのかも。

ほら、時空間魔術っての？　ま、よく知らないけど。

でも距離が半分になるって効果は、これからはじめる商売には好都合だった。

まず目指すはプレオープン。

私は、黙々と作業を進めていった。

17. モグラ屋さん

ちょうど三日ほどかけて、大方の準備を終えたところだった。その日、私はコロナさんが王都に帰るという知らせを受けた。

前回、ウチで一緒に晩ご飯を食べてからすでに一週間。人生の恩人とこのまま挨拶もなしに別れられるはずもなく、私は馬車の乗り合い所まで彼女を見送りにいった。

「やはりここは良い街だな。人々が親切で温かい」

「それなら今度はぜひ、仕事じゃなくて遊びできてください！　ダンジョンは無理ですけど、街中なら私でも案内できますし！」

「はは、そうだな。次の休暇はだいぶ先になるだろうが、その機会がくれば必ずお願いしよう」

話しこんでいると、やがて馬車の御者さんが手に持った大きなベルをジャリンジャリンと鳴らしはじめた。どうやらもう出発の時間みたい。名残惜しかったけど差し出された手にモグラの爪で応じながら、私は別れの言葉を口にした。

「ではお元気でコロナさん、またいつの日か！」

「ああ、エミカ・キングモール。君もどうか健勝でな」

コロナさんが車内に乗りこんだあとも、私は馬車が見えなくなるまでモグラの爪を振り続けた。

「あー、いっちゃった……」

コロナさん、マジメすぎるところはあるけど、ほんとステキな人だった。

私もあんなふうに優しくて、強い大人にならないと。どうか次会うときまでには、少しでも彼女に近づけていますように。

そんな願いを胸に、私は次の約束のため例の空き地に向かった。

「よぉ、姫さん」

前日お願いしたとおり、ガスケさんはお昼前にやってきてくれた。今日は私の掘った穴を見てもらった上、上級冒険者である彼から色々と意見をもらう予定だ。

「す、すげえ……本当にこれ姫さん一人で掘ったのかよ……」

目を見開いて驚くガスケさんを従えて、私は北へ延びる地下の通路を歩く。

ランタンケースに光石を詰めた照明を、地面のあっちこっちに置いたので明かりは十分だ。ヘッドライトを使う必要もなく安全に進めた。

やがて、外層へ到着。あらかじめ今日の朝、私が開通させておいた地下一階層の入口を見て、ガスケさんはさらに興奮気味に驚きの声をあげた。

「うお、信じらんねぇ！　マジでダンジョンの中まで繋がってやがる‼」

「状態回復作用で外側からゆっくり塞がっちゃうから、半日に一回は穴を開け直さないといけないんだけどね」

入口に枠みたいなものを嵌めこんでおいて、常時開放状態にしておくという手も考えたけど、それだと不正利用される可能性があった。なので塞ぎかけたら状況を見て、その都度対応する方針だ。

「でもよ、これモンスターは大丈夫か？　勝手に出ていったりして街中で暴れられでもしたら一大事だぜ？」

「大丈夫、それも実験してみたけど問題なしだったよ」

すでにその懸念は地下一階層のスライム（超安全モンスター）を使って排除済みだった。階層を自由に行き来できないのと同じ法則なのか、私が誘い出してもぶち抜いた外層を通ることなく、スライムたちはその手前でダンジョンの内へと引き返していった。

「ガスケさん、こっちこっち。ここはあくまで実験用の扉だから」

「あ、ああ……」

地下一階層に繋がる入口。その脇に作った階段へ、私はガスケさんをいざなう。

外周に沿うように掘ったので、ゆるやかな曲線を描いて段差は下へ下へと続いている。

少し下りたところで拓(ひら)けた踊り場に到着。赤いペンキで『Ｂ５』と書かれた立て看板と、露出した外層を指しながら私は言った。

「この壁を壊せば地下五階層に入れるよ」

「そんな簡単に壊せるのか……？」

「うん。でも実演は地下二十階層で」

地下一階層を除いて、入口は五階層・十階層・十五階層——といった感じで、五階層区切りに作ってある。さくさく下りて今のところ一番深い『Ｂ20』の踊り場までくると、私は前言したとおりガスケさんの目の前で外層を破壊してみせた。

時空が歪むような音とともに扉が開く。同時に、私たちの前には巨木が生い茂る森が出現する。

「この森林地帯なら見覚えがあるぞ……。いや、今さらもう驚くってのもあれだがよ、マジでここ二十階層じゃねぇか……」

どうやら勝手知ったる狩り場だったみたい。外層に開けた穴から中に入ると、証拠として深度計を見せる必要もなくガスケさんはすんなりと理解してくれた。

「だがこの入口、地下一階層のとはまた違うな……。もしかすると、十二階層で〝迷路構造〟から〝フィールド構造〟に切り替わった影響か？」

振り返ると何もない森の真ん中に、さっきまでいた『B20』の踊り場が見えた。まるでハサミで空間を四角く切り取って貼りつけたみたい。

それは外から中へ進む通路というよりは、もはや空間から空間を移動するワープゲートそのものだった。

「うん。五階層と十階層も地下一階層と同じで外層と隣接したところに出るんだけど、なぜだか十五階層と二十階層のほうは外層から直接ダンジョン内部に繋がっちゃうんだよね」

十五階層と二十階層を探り当てる作業の途中、平野の真ん中や湖のほとりに出たこともあった。

ダンジョンの構造が大幅に変化する十二階層から、たぶんこのワープ仕様が適用されてるっぽい。

調査不足なので完全に断言はできないけど、ガスケさんが言うとおりその可能性は高そうだった。

「地上の入口からここまで五分もかかってねーし……。まさか、マジでこんなもん造っちまうとは……」

「三万マネンの価値あるかな？」

「もちろんだとも。てか、あとでその倍額は払ってやるよ」

「あ、えっと、お金はいらない。ガスケさんは特別、無料で使っていいよ」

「は？　いや、ありがてぇけどよ……、マジでいいのか？」

「うん。でもその代わりね、お客さんになる冒険者を紹介してほしいんだ。条件としては第一に団体さんで〝深層〟を狩り場にしてる強い人たち」

無制限に顧客をつのれば収拾がつかなくなる恐れがある。なので、できるだけお客さんを厳選した上、まずは一日で五〜六人のパーティーを十組前後確保するのが最初の目標だ。

現在の価格設定でも、それで日の売り上げが百五十万から百八十万という恐ろしい数字になるのだから笑いが止まらないどころか震えが止まらないよ。ガクガクブルブル。

「あと料金設定とか、どの階層まで入口を作ればいいだとか、その辺のアドバイスもしてほしいかも」

「なるほどな……」

「迷惑だった？」

「いや、そういうことなら俺に任せとけ！　こうなったら姫さんにじゃんじゃん上客を紹介してやるよ！」

そんなこんなで私の考えた〝モグラ屋さん〟の商売は本格的に営業を開始した。

18. 人生はちょろい？

ガスケさんの助言をもとに、まず侵入口を『B50』まで増設。

そして料金は、〝一階層×二千マネン〟と価格を見直した上でモグラ屋はプレオープンを迎えた。

五十階層で十万かかる設定は、さすがに高すぎて誰も利用してくれないんじゃないかと思ったけど、開店してみればそんな不安はすぐに吹き飛んだ。

まずは早朝、記念すべき最初のパーティー御一行様が来店。それを皮切りに利用客は次々とやってきた。

結果、モグラ屋は一日目から大繁盛。

多くの冒険者を深層に案内すると、初日から売り上げは百万を超えた。一週間程度で当初の目標だった〝一日で五～六人のパーティーを十組前後〟もあっさりと達成。モグラ屋は商売として完全に軌道に乗った。

順調にお客さんが増えていったこともあって、ギルド裏の入口周辺を迷彩の魔道具でカモフラージュしたり、地下の受付ロビーを拡大して家具を運びこんでインテリアに凝ってみたりと、プレオープン期間中はとても忙しかった。

だけど、それも過ぎてしまえば改善点もなくなり、次第にルーチンワークをこなすだけでよくなっていった。

日常業務としては、朝から受付ロビーに待機。以降は、ほぼ決まった時間にやってくる固定客を随時地下へと案内。

それ以外は特にやることもないので、私はロビーのソファーでゴロゴロしたり本を読んだりして一日の大半を過ごした。

「モグラ屋さんってここ？」

「あ、はい。そうですが……どちら様からのご紹介ですか？」

「いや紹介とかはないんだけど、自分も抜け道を使わせてもらいたくて」

「…………」

大きなトラブルはなかったけど、一度だけガスケさんの紹介じゃない単独(ソロ)の冒険者さんがモグラ屋さんを利用したいとやってきたことがあった。どうやらどこからか噂(うわさ)を聞きつけたらしい。なんとか丁重にお断りして帰ってもらったけど、これは今後の懸念事項になり得そうだった。

集団は集団の中で情報を秘匿したとしても、やっぱ人の口に戸は立てられない。それを踏まえると、今後も一見さんお断りシステムを継続していくのが最良だった。

「あなた、最近やたらと羽振りがいいわね」

「ギクッ……！」

酒場で真っ昼間から分厚いステーキを食べてるときだった。突然背後からユイに話しかけられて、私は心臓が口から飛び出そうになった。

「ほら、育ち盛りだから！　たくさん食べないとじゃん⁉」

「それにしたってお昼からそんな量のお肉食べて……大丈夫なの？」

「も、もちろん野菜も食べるし！　あ、ウエートレスさん、サラダ超大盛りで‼」

「私はあなたの懐を心配して言ったのだけど」

「え？　あー、あはは……」

と、まあ、そんな冷や汗ダラダラの目にも遭ったりしたけど、正規オープンを迎える頃には平均売り上げも三百万を突破。モグラ屋を開始してわずか二十日足らずで、私の貯蓄額は四千万マネンを超えることとなった。

「よん、せん、まん――」

銀行で発行してもらった残高証明書を手に、あらためてゆっくりと脳みそに認識させる。

四千万。

そう、四千万マネンだ。

これだけの大金があれば、きっとなんだって買えてしまうだろう。

高級な食材も。

高品質な武器や防具も。

貴重な宝石やアクセサリーも。

そして、思い出の詰まった、あの我が家でさえも。

「…………」

あれ？

もしかして人生って、ちょろい？

「フッフッフ……」

我が世の春の到来。その日、私はルンルン気分で帰宅した。

「たーだーいーまー♪」

「エミ姉、今日は早いね。晩ご飯の準備これからだから、もうちょっと待ってて」

「あー、いいよいいよ。今日はこのまま外に食べにいっちゃおう」

「え、またあのレストラン？」

「うん。あそこの料理シホルも好きでしょ」

「好きだけど……でも、お金かかっちゃうし……」

「あはは、だから心配する必要ないって〜。毎日外食でもぜんぜん問題ないぐらい今稼いでるんだからさー」

「ねえ、エミ姉」

「ん〜？」

「もしかして、何か言えないような危ない仕事とか、してる……？」

真剣な眼差しの我が家の次女。どうやら最近の私の浪費癖が目に余ったらしい。

私はそんな妹を安心させるべく「んなワケないじゃ〜ん！」とおどけてから、がはははっと豪快に笑ってみせた。

19. マッチョメン30

やがて貯蓄額が五千万に届くと、仕事の合間を見て私は大家さんの邸宅に出向いた。

「土地と家を売ってください」

「はぁ？」

手短にそうお願いすると、大家さんは「何言ってんだこいつ」みたいな表情を浮かべてたけど、私が銀行の残高証明書を見せると態度を変え、まともに取り合ってくれた。

「……本気かい？」

「はい。やっぱ愛着があるんで」

現状、我が家の土地と建物は合わせて三千万ほどの価値があるという。でも大家さんの話では、購入したからといって未来永劫（えいごう）ずっと所有者のものになるわけじゃないらしい。

「土地の最終的な所有権は王様や領主にあるんよ。あたしらはその権利を数十年単位で購入して借り手に転貸してるだけさね。だかんな、今三千万で購入しても、あと二十年ほどで土地については御上（おかみ）に返さんといけんくなるんよ」

それでも、個人から個人へ土地の所有権を移す際、期間の更新を申し出ることは可能らしい。

せっかく購入しても二十年では短い。少し考えたあとで、私は期間延長の手続きを大家さんにお願いした。

「あと八十年延ばして、百年にしてください」

「ひゃ、百年⁉」

さすがにそんな生きんやろと大家さんには反対されたけど、たとえいくらかかろうとも私はあの場所を私たちの物にしてしまいたかった。

結果、三千万＋八十年分の土地代二千万で、計五千万マネンほどかかる見こみとなった。

現時点の有り金ほぼすべてだ。だけど、それで二度と失わないで済むというのなら安い買い物だと思う。

「延長の申請はあたしが今日のうちに出しておくよ。あんたは小切手を用意しておいてくれ」

専門家である大家さんに手続きを任せて、後日に土地と建物の権利書類を受け取る約束をして別れた。

「よー、姫さん、どこ行ってたんだよ。待ちくたびれたぜ」

モグラ屋さんに戻ると、ガスケさんと見覚えのない一人の中年のお客さん（⁉）が、いた。

「今日はすげえ話持ってきてやったぜ。こちらの御仁は、攻略を狙うガチ勢パーティー〝肉体言語（ボディランゲージ）〟のリーダー様だ。この街のギルドに所属する、唯一の白銀級（プラチナクラス）の冒険者様でもあられる」

「…………」

ガチ勢パーティー〝肉体言語（ボディランゲージ）〟――

そのグループ名には聞き覚えがあった。たしかコロナさんの依頼のとき、私たちに先行してモンスターやゾロ目階層のボスを倒してくれてた人たちだ。

「お嬢さんがこの店の主であるか？」

「え、ええ、まぁ……」

ダンジョン攻略を狙ってるパーティーのリーダー様とか、たぶんこの街で一番の上客だろう。でも、だからこそ疑問だった。

「我はマストンと申す。どうぞお見知りおきのほどを」

「…………」

そんなすごい人がなぜこんなにも、ひどい格好をしているのか、と。

①黒い革のブリーフパンツ。
②紅蓮のマント。
以上。

それがマストンさんが身に着けてる装備のすべてだった。

ほぼ、全裸。ほぼ全裸だ。故に、鍛え抜かれた鋼の肉体（ボディ）が惜しげもなくあらわになっている。

あ、もしかして、ガチ勢ってそういう――

「本日はガスケ殿に仲介役を頼み参上した。どうか話を聞いていただきたい」

「は、はい……」

見た目のみで判断すれば変態だった。

まごうことなきムキムキマッチョの変態だった。

てか、ガスケさんがいなかったら出会った時点で即行逃げ出してるよ、これ。

「えっと、とりあえず座りましょうか……？」

ロビーのソファーに座って話を伺ったところ、ダンジョン攻略に私の手（爪）を貸してほしいとのことだった。

「過去に制覇された四つのダンジョンの情報から推測するに、アリスバレー・ダンジョンの最終ボスは地下九十九階層に存在する可能性がもっとも高いのだ」

「で、最終階層の侵入口から一気に乗りこんでダンジョン制覇って作戦をやりたいんだと。どうだ姫さん、受けてみる気はないか？」

「うーん……」

実際、『B99』まで穴を掘るのは問題ない……というか余裕だと思う。すでに『B50』まで入口を増設してるし、外から何フィーメル掘れば次の階層になるっていう法則も発見してる。作戦自体、少なくとも侵入口を作るところまではスムーズにいくだろう。ただ、ダンジョン制覇なんて目立つことに手を貸すのは、ちょっと気が進まなかった。

それになぁ……。

一階層×二千マネンだから九十九階層で、十九万八千マネン。その掛けることのパーティー人数か。

　んー、やっぱ危険を冒すには儲けが少ないね。ハイリスクでもハイリターンならまだ一考しようもあるんだけど。

「成功報酬は二億マネンでどうだろうか」

「ふぇ⁉　に、二億っ⁉」

　こちらの不満をその露出全開の肌で感じ取ったのか、突如マストンさんは金塊で私の頭を殴ってきた。

「もちろん、それだけではない。我々がダンジョンを制覇した暁にはお嬢さんを我がパーティーに招き入れよう。攻略に当たり、とても重大な役目を担った功労者として」

「な、なななななっ――⁉」

　それはすなわち、世界で五度目となる偉業を達成した者の一人として、私の名前が歴史に刻まれることを意味した。

　なんてこった。大金だけでなく、名声と捨てたはずの夢まで転がりこんでくるなんて……。

　断る理由など、もう何もなかった。


「――やりまっす‼」

　次の日から、お客さんの受け入れをすべて断ってまで私は作業に没頭した。

モグラクロー二発（段差二つ分）で、ちょうど一階層下がるというのはわかっていた。なので、まずは『B50』の地点から九十八段分、階段状に掘っていく。あとは最深部である『B99（仮）』地点にロビーほどの大きさの空間を作ってしまえば、とりあえず準備は完了だった。

さすがに地下九十九階層に繋がる横穴を私一人で開けるのは恐すぎるので、一旦外層は破壊せずそのままにしておく。深度計を使った確認は突入時に行なうと、この点はマストンさんとも事前協議済みだ。

準備を終えた翌日は、大家さんに小切手を渡して家と土地（百年分）の権利書を入手。ついに一家の主ともなった私は、晴れ晴れしい気持ちで歴史的なダンジョン攻略へと臨んだ。

作戦が実行に移されたのは、モグラ屋を休業して四日目の早朝。『B99（仮）』地点に続々と〝肉体言語（ボディランゲージ）〟メンバーが集結していく。さすがに大所帯の移動は目立ってしまうという理由から、順次時間をずらしながらの集合となった。

「マストン隊長！　点呼作業完了しました！」

「報告ご苦労。了解した」

数えると、ちょうど三十名だった。

私の目の前でひしめき合う、パンツ一丁＋マント姿のマッチョメンたち。

繰り返す、私の目の前でひしめき合う変態マッチョメンたち。

「…………」

てか、なんで全員マストンさんと同じ格好（リーダー）!?

この人たちにとって、これが規定のコスチュームなんだろうか。てか、統一されると色々とものすごいインパクトだ……。

「あ、あの……なんでみなさんこんな変――薄着なんですか？」

「それを説明するには我々の原点からお話しせねばなりますまい」

マストンさんに遠回しな疑問をぶつけてみたところ、頼んでもないのにパーティー結成の歴史からみっちりと教えてくれた。

なんでも元々〝肉体言語（ボディランゲージ）〟は、全員攻撃専門の魔術師で構成されたパーティーだったそうだ。

しかしある日のこと、魔術を完全無効化するボスとの戦いに敗れ苦渋を味わったことを機に、各々が魔術第一主義の考えをあらため、一丸になってガリガリで貧相だった肉体を鍛えはじめたのだという。

特訓は日夜続き、熾烈（しれつ）を極めた。

その結果、現在のムキムキマッチョ軍団が誕生し、パーティー名も〝漆黒の魔術師団（ブラックマジシャンズ）〟という旧名から現在のものに変更したんだとか。

つまり、全員が魔術と体術を極めたことで、アリスバレー近郊では知らぬ者がいないほどのガチ勢パーティーになったというわけ。

なるほど、まさに人に歴史ありだね。

いや、でもだからといって、なんでそんなヤバい格好で外見統一してるんですか？　という私の肝心の疑問は一切晴れてないんだけども……うん、まーいいか。そろそろ時間だし。

「こちらの準備は整った。手筈どおりによろしく頼む」

「あ、はい……」

「お嬢、お願いします！」

「おー！　お嬢が外層に穴を開けるぞぉー!!」

「我々を導く勝利の女神に栄光あれっ!!」

「「「おっ嬢!!　おっ嬢!!　おっ嬢!!」」」

あ、なんだろこれ。

すごい中心にいる感じ。

悪くないかも……。

「ウオ゙オ゙オ゙オオオォォォォォッッー!!」

みんなに「お嬢」と持てはやされ若干悦に入ってると、突然マストンさんが叫び出した。すぐにメンバー全員が呼応し、たちまち狭い空間は野太い雄叫びで満ちていく。同時に、パーティー全体のボルテージもさらに上がっていった。

「「「ウオ゙オ゙オ゙オ゙オ゙オ゙オ゙オ゙オ゙オ゙オ゙オ゙オ゙オ゙オオォォォォォォォォォォォォッッッー!!」」」

すごいウォークライ。

身体の奥にまでガンガンと響いてくる。

「準備はいいかぁ!?　野郎どもー!!」

「「「ヤアアアアアアアアアアアァァァーーー！！！」」」

テンションに乗じて、こぶしをかざしながらそんなことを言ってみたけど思った以上にいい反応が返ってきた。

「「「おっ嬢!!　おっ嬢!!　おっ嬢!!」」」

あ、やばい、かなり快感。

これ、マジで癖になっちゃうかも。

「フッフッフ……」


なんて、今思うと完全に調子に乗ってた。

どんだけ順風満帆でも、人生の先には必ず落とし穴が用意されている。

一歩足を踏み外せば、そこは奈落。

闇へとまっしぐら。

たとえモグラであっても、這い上がることは――

「食らえ、我が最強奥義〝ツインモグラクロー〟を！　うおりゃあぁー‼」

それは、左右の外層に全力のダブルパンチを打ちこんだ瞬間だった。


――ブッシャアアアアアアアアアァァァァー‼


「えっ⁉　うわ、熱ッつぅ‼」

まったくの想定外。

刳り貫かれた四角い外層から噴き出してきたのは、大量の熱水だった。

「うわあぁあ、ぼごぼごぼごぉ――‼」

激流は、私とともに三十人のマッチョメンたちを瞬く間にのみこんだ。

幕間　～受付嬢、憂う～

穏やかな気候と、恵まれた晴天。

開放された窓枠からは、チュンチュンと小鳥の囀り(さえず)が聴こえてくる。それはいつにも増して爽やかで長閑(のどか)な早朝だった。

「はぁー」

そんな牧歌的な雰囲気とは裏腹に、冒険者ギルドで受付嬢を務めるユイ・ユウェナリスの心情は灰色に曇りがかっていた。

「あの子、本当に大丈夫かしら……」

来客の少ない朝のひと時。比較的に暇な時間帯ということもあり、思わずため息とともに独り言が漏れる。

ユイが抱える不安の種は一つだった。

「妙に素っ気ないし、やっぱりどう考えても怪しいわよね……」

エミカ・キングモール。

ここ最近のあの幼なじみの羽振りの良さは異常だった。先日は真っ昼間から高級な肉をあくどい顔で頬張っていたし、どこから手に入れたのかこれまた高そうな小型の魔道具までオーバーオールのポケットに忍ばせていた。

そして、極めつけは昨日のこと。市場でばったり顔を合わせた妹のシホルからは「近頃、エミ姉の無駄遣いがひどいんです」という言質まで入手済みである。

すでに状況証拠は申し分なし。エミカの行動を見るかぎり、やはりどこからか大金を手にしているのは間違いないだろう。

しかし、一体どうやって？

まさか何か良からぬことに首を突っ込んでいるのではないか？

それを立証する確たる証拠はないが、漠然とした不安はユイの中で日に日に募っていくばかりだった。

「というか」

ふと、そこではたと気づく。

自分が、いつもあの幼なじみの心配ばかりさせられていることに。

「なんだか、無性に腹が立ってきたわ……」

あっけらかんとしたいつものエミカの気の抜けた顔が過ぎり、どうすることもできない怒りが沸々とこみ上げてくる。

おそらくこれまでの積み重ねがそうさせるのだろう。思えばエミカと出会ってからの約十年間、ずっとこんな心配を繰り返してきた気がする。

四年前、十一歳でギルドの受付嬢を務めるようになるまで、ユイは祖父母の家で暮らしていた。

当時、その隣近所にキングモール家があり二人の姉妹とはその頃からの付き合いである。物心つく前からの仲と言っても過言ではないだろう。

妹のシホルが穏和で大人びた性格な一方で、姉のエミカは男子顔負けの活発すぎる女の子だった。好奇心旺盛な上、生来から一切後先を考えないタイプの彼女にこれまで散々手を焼かされ続けてきた。完全な貧乏くじである。他にも同年代の遊び仲間は数多くいたにもかかわらず、なぜか毎度エミカが引き起こす惨事の火消しや尻拭いをする羽目になるのは決まってユイだった。

『もー、エミカとは絶交だから！』

『ゼッコーってなぁーに？　美味しいの？』

『…………』

決して短くない付き合いである。幼なじみとして愛想を尽かしかけたことも一度や二度ならずあった。

だが、事件を起こした翌日にはもう何もかもきれいさっぱり忘れ、エミカはまたあっけらかんとした様子で遊びに誘いにやってきた。いつもそんな幼なじみを前にするたび、ユイの抱いていた怒りは諦めの感情とともに霧散。幼少期は、まさに毎日がその繰り返しだった。

「本当にずるいんだから……」

要するに、憎めない幼なじみなのだ。

自分の年齢が一つ上であることを踏まえて、手のかかる妹だとも思えていればまだマシだったかもしれない。

それでも、ユイとエミカの二人は上下に差のある関係ではなく、幼い頃よりずっと変わることなく対等な友人としての付き合いを築いてきた。

それは出会って数年後、祖父母の厚意から街で唯一の初等学校にユイだけが通うようになってからも疎遠になることなく続き、そして、エミカの母親が亡くなったあとも決して変わることはなかった。

『うわぁーん、ユイ〜！　地下一階層だけでたくさん稼げる方法おしえてぇ〜〜!!』

『………………』

それは街の有力者でもある冒険者ギルドの会長にスカウトされ、ユイが受付嬢として働きはじめるようになって早々のことだった。

『もう、しかたないわね……』

（というか、母親が亡くなったときは意地でも泣かなかったくせに。どうしてこのタイミングで泣くのよ）

わんわんと号泣するエミカに相談され、半分は呆れながら、しかしもう半分はほっとしながら、ユイは一番簡単で安全な仕事として魔石クズ拾いを勧めた。それから四年間も幼なじみが同じ仕事を続けるとは、その当時はまさか思いもしなかったが。

『あなた、最近やたらと羽振りがいいわね』

『ギクッ……！』

そして、馬鹿で放っておけないエミカとの腐れ縁は途切れることなく続き、現在に至る。

冒険者稼業をはじめてからこれまでずっとお金に困っていた幼なじみ。そんな彼女に起こった異変。それに付随して思い当たることは一つしかなかった。

その両手に宿る、〝封印されし暗黒土竜〟である。

冒険者ギルドの長であるアラクネ会長にも相談はしたが、彼女はいつもの不敵な笑みを漏らしながら「へー、前代未聞ね」と答えるだけで適切な助言など一切してくれなかった。元最強の冒険者と評されるだけあり、その実力も知識も折り紙付きである。しかし、相変わらず当てになるのか当てにならないのか、正直ユイにとってはよくわからない人物でもあった。

――決して無茶はしないように。

エミカには一応そう釘は刺しておいた。

それでも、このままでは埒が明かないのも事実だ。

もしエミカの両手に寄生したあの得体の知れないモンスターが害あるものであった場合、事態は一刻を争うはずである。そういった面でも、ユイの心配はただただ募るばかりだった。

「本当に、どうしたものかしら……」

「あらユイちゃ～ん、難しい顔してどうしたのー？」

本格的に腕を組んで悩んでいると、青い神官服を身にまとったハーフエルフが受付窓口にひょっこり姿を現した。

「あ、ホワンホワンさん、おはようございます」

「はろはろー」

ヒーラーを専門にする彼女はユイにとってなじみの冒険者の一人だ。先日はエミカの護衛依頼にも無理を言って参加してもらった手前、些か借りがある相手でもあった。

「ため息なんか吐いちゃって、まさか恋のお悩みかなぁ？　うふふ、そーいうことならこのホワンホワンお姉さんが相談に乗っちゃうよー！」

「そんなんじゃありませんから……」

多少動揺しつつ否定したあと、ユイは正直に幼なじみのことだと打ち明けた。

「エミカちゃんがどうかしたのー？」

「最近羽振りが良すぎるんですよ。個人で依頼を受けている様子もないのに、お金を湯水のように使っているみたいで……。ホワンホワンさん、あの子のこと他の冒険者さんたちから何か聞いていませんか？」

ひょっとするとパーティーを組んで狩りがうまくいっている可能性もある。真相をたしかめるにはちょうどいい機会だった。

「エミカちゃんかぁ……あ、そういえば、ガスケさんとなんか一緒に仕事してるみたいな噂は聞いたかも」

そこで挙がったのは先日エミカの護衛を頼んだ別の冒険者の名だった。

「ソードマンのガスケさんですか」

軽口で女性好きなのが玉に瑕どころか相当に瑕だが、優秀な冒険者であることは間違いない。

なるほど、彼にレクチャーを受けることでついにエミカも冒険者として真っ当に稼ぐ道を見つけたというわけか。

ポジティブな予想の裏付けが取れて、ユイはようやく安堵の胸を撫で下ろした。

「ガスケさんの好み的にもエミカは範囲外だろうし……うん、絶対に安心よね。というかあの人、年増にしか興味ないはずだし」

「それ、どういう意味かなぁ？」

安心したせいか、うっかり内の声が漏れてしまった。同時に、何かのトラップも踏んでしまったらしい。

受付から顔を上げたところで引き攣った笑みを浮かべるホワンホワンと目が合ったユイは、慌てて首を横に振った。

「いえ、こっちの話です！」

「ふぅーん……ならいいけど。あ、というか私、報酬をもらいにきたんだったー」

そのまま支払いの手続きを終え、ユイが情報のお礼を口にすると、ホワンホワンは去り際の最後にゆるやかな口調で助言をくれた。

「エミカちゃんだってユイちゃんが心配してるのなんて重々承知のはずだよー。私はね、そういうときこそ友達を信じてあげるのが一番大事なことだと思うなぁ～」

「……信じる、ですか」

たしかに、借金まみれだった幼なじみの生活水準が向上していることは素直に祝福すべきことで、手放しで喜ぶべきことなのだろう。

「そうよね、私ってば変に勘繰りすぎていたのかも」

ホワンホワンが受付窓口を去ったあと、ユイは自分に言い聞かせるように呟いた。

そうだ。

エミカだって、さすがにあの状態で後先考えず無茶なんてするはずがない。

羽振りがいいのも、真っ当な冒険者としてようやく軌道に乗りはじめただけのこと。

何よりあの子だっていつまでも傍若無人な子供のはずがない。一般的な常識を身につけ、日々正しい大人へと成長しつつあるのだ。

「それを私、最初からあの子を疑いの目で――」

最愛の友人に対する自らの行ないを恥じ、そして改めて事態を楽観的に捉えようとした、まさにその瞬間だった。

――ゴゴゴゴゴッ‼

それは来た。

「えっ？」

得体の知れない不気味な異音と、足元から響く震動。ユイが地鳴りだと気づいたさらに次の瞬間、ギルドの裏手のほうからすさまじい爆発音が轟(とどろ)いた。

20. 湯柱

下層から上層へ、ほとばしる熱水。

私は魔術で作り出された（らしき）大きな気泡の中、ぐるんぐるんに目を回しながら、その衝撃に耐えるしかなかった。

——廻る廻る。

——揺れる揺れる。

——転がる転がる。

辺りは水に囲まれて薄暗く、上下左右の区別なんてつかない。激流に身を任せる以外にない私は恐怖から泣き叫んだ。

「誰か助けてええええぇぇぇぇ～～!!」

どれだけ流されていたんだろう。

時間の感覚はなく、すべてが一瞬だったようにも思えた。気づけば、私の眼前には青空が広がっていた。

あっ、もしかして、天国……？　ってことは、私……死んじゃった？

だけど視線を反対側に向けると、アリスバレーの小さな街並みが見えた。

なんだ、上空にいるだけか——って、いやいやいや高い高い高い!!

これ、このまま落っこちたらどっちみち死んじゃうヤツぅぅぅっ!!

「ひいいいぃぃぃっー!!」

今度はトマトよろしく、ペチャンコの恐怖に怯える。

「……あ、あれ？」

でもいつまで経っても、おなかがキュッと浮くようなあの落下の感覚はやってこなかった。恐る恐る周囲を見渡すと、巨大なシャボン玉のような気泡がまだ消えずに私を守ってくれていた。

今、それがゆっくりと、風にふわふわと揺られながら下降している。

落ち着いてくると周囲もよく見えてきて、私と同じく気泡に守られながら降下していく多数の人影にも気づいた。〝肉体言語(ボディランゲージ)〟のメンバーだ。

一人と目が合うとこちらの心配を取り除くためか、笑顔で白い歯を見せながらサムズアップしてきたので、私は無事であることを伝えるため、うんうんと小刻みに首を縦に振った。

状況を考えるに、やっぱこの気泡は彼らが魔術で作り出したものっぽいね。

「ううっ……なんとか助かったのはいいけど、これ……ど、どうしよう……」

――プッシャアアアアアアッ～‼

眼下にはギルドの空き地。その北西、モグラ屋さんへ続く入口からは今、大量の熱水がこれでもかと激しく噴き出していた。

おそらく……というか間違いなく、私と〝肉体言語(ボディランゲージ)〟のメンバー一同は、今し方そこから飛び出してきたんだろう。そして、こんなにも空高く……。

湯煙が風に乗って流れる中、ギルドの周辺では高く噴き出す湯柱に驚いた人たちが続々と集まりはじめていた。

「ヤバい、もうめっちゃ騒ぎになってる⁉」

湯柱は三階建てのギルドの建物よりも高く伸びていた。そして辺りは大量の熱水でびちゃびちゃだ。周辺の住民たちが異変に気づかないわけがなかった。

——パチン。

「い、急がないと！」

空き地から少し離れた場所に着地した瞬間、気泡は音を立てて割れた。私はそのまま現場に急行し、立ち昇る熱水を見上げた。そして、もう手の施しようがないことを悟ると、ヘナヘナと地面に膝をついた。

——プッシャアアアアアアアアアアアァァァ～～～!!

「あわ、あわわ……」

あかん……これ、絶対にあかんヤツ……。

「ねえ、エミカ」

「はっ⁉」

聞き覚えのある声に振り向くと、そこにはユイが立っていた。ずぶ濡れで途方に暮れる私を見て直感したのだろう。一切の間を置かず幼なじみは追及してきた。

「これ、あなたがやったの？」

次の瞬間、とっさにその場から逃走を試みるも、すぐにユイに襟首をつかまれ身動きを封じられた。

「どうして逃げるの⁉」

「ニ、ニゲテナイヨ……」

「ちょっと来なさいっ!!」

「うわあぁぁーん!!」

そのままハントされた獲物のように地面をズルズル引きずられながら、私はギルドへと連行された。

21. アラクネ会長

突然だけど、この街の犯罪率が周辺地域と比べて格段に低いのは、ギルドのトップに君臨する女性会長のおかげなんだそうな。

彼女は街で起こる問題事を嫌い、礼儀を知らない狼藉者（ろうぜきもの）には一切の容赦をしないことで有名だった。その威光はすさまじく、面と向かえばどんな荒くれ者も平伏（ひれふ）すのみ。街に楯突（たてつ）く者はなく、故にアリスバレーの治安は高い水準で守られ続けているという話だ。

元、金剛級（バサラクラス）（実質的な最高位）の冒険者であり、現役時代は数えきれないほどの輝かしい功績を上げた人物。

冒険者ギルド・アリスバレー支店が長（おさ）――イドモ・アラクネ。

それはまさに畏怖の対象としてふさわしい、この街の総元締め的存在だった。

「ひ、ひぐっ……」

そして現在、私はそんな御方を前に、床に両膝をついて謝罪の真っ最中という状況だった。

場所はギルドの会長室。隣ではユイも同じように膝をつき、私のしでかしたことについて減刑を申し出てくれている。

「アラクネ会長。どうか、情状酌量の余地を頂きたく思います」

「うーん、そう言われてもねー。その爪の能力がすごいってのはわかったけども、まだ肝心の動機がよくわかってないし」

腰まである銀髪に、男性物の黒いスーツを着こんだ長身の美女。窓辺に背中を預け、こちらを見下ろす様子はどこか楽しげだった。

「もう一回訊くけど、そもそもモグラちゃんはさー、どうしてダンジョンに穴なんて開けちゃったわけ？」

「そ、それは……」

モグラちゃんなんて愛称で呼ばれてるけど、私とアラクネ会長は完全に初対面だ。でも、暗黒土竜の件でユイから事前に相談を受けていたためか、会長は私の個人的な情報をある程度把握してるみたいだった。

「ひぐっ……、う、ううっ……」

「エミカ、質問にちゃんと答えなさい！」

追及されてはこちらが言いよどむ。さっきから延々とこれの繰り返しだった。

「あのさー、いい加減泣いてばっかじゃわかんないんだけど」

「は、はひっ……！」

若干苛立ち（いらだ）を含んだ声と眼光に、思わずびくっとなる。

だけど、本当のことを白状するわけにはいかなかった。お金儲けのためにギルドの土地を無断使用してたのも問題な上、何より私が口を割れば、〝肉体言語（ボディランゲージ）〟のメンバーは当然のこと、モグラ屋さんを利用してくれてた冒険者のみんなにも迷惑をかける恐れがあった。

これは私がはじめたことだ。

みんなを売るわけにはいかない。

それならばもうこの秘密は墓まで持っていくしかなかった。

「な、なんでもします！　なんでもしますのでー!!」

使命感に急かされた私はこの身を捧げる覚悟をして叫んだ。

「だからお願いです、会長様！　この件はどうか水に流してください!!」

「水が流れてるから大変なことになってるんだけどね。ま、この際言葉の綾はいっか」

アラクネ会長は不敵に笑いながら、こちらにスタスタと歩み寄ってきた。そして、そのままなんの躊躇もなく私の顎をくいっと片手でつかむと、値踏みするような目でジロリと見てくる。

蛇に睨まれたカエルよろしく全身に冷や汗をかきながら、私はただ黙して恐怖に耐えるしかなかった。

ヤバい、この眼光はマジでヤバい。

完全に捕食者の眼差しだよ……。

「あら、ずっと俯いててよくわからなかったけど、モグラちゃんかわいい顔してるのね。ふーん、なんでもしてくれるんだ？　念のため訊くけど、そのなんでもってのはほんとになんでもってことよねー？」

「…………」

いや、会長様、それこそ言葉の綾というものですよ、ええ。

なんでもというのは可能なかぎりなんでもというほうの意味のなんでもであって、なんでも際限なくやるほうのなんでもというわけではないのです。だから怪しげな指の動きで私の髪を梳いたり、私の耳にふっと優しく息を吹きかけたりするのはやめてほあわわわやめてぇぇ――!!

「アラクネ会長！　こんなときにふざけるのはよしてください！」

「別にふざけてないけど？　私はいつだって本気よ」

「余計に性質が悪いです！」

ユイがあいだに入って引き離してくれたので、なんとか私の貞操は守られた。だけども未だ状況が最悪なことに変わりはない。

「エミカ、とにかく事情を全部話しなさい！　ダンジョンに穴開けるなんてそんなバカなこ――」

「それについては我から説明しよう」

割って入ってきた声に驚いてドアのほうを見ると、そこにはマストンさんがどっしりと立っていた。

「きゃあぁぁー!?」

いきなり現れたブリーフ一丁のおじさん（しかも全身しっとり濡れてる）に、甲高い悲鳴をあげるユイ。とっさに私の後ろに隠れて怯える幼なじみの姿は、なかなかにレア度の高い光景だった。

「あら、マストンじゃない。ハロー」

「お久しぶりです、会長殿」

そんなユイに構わず、会話を続ける大人二人。

マストンさんと目が合うと、「ここは自分に任せておけ」といった感じで彼はその場で大きくこくりと頷いた。

「今回の件、すべては我がそこのお嬢さんに無理を言って頼み申した。彼女に一切の非はない」

モグラ屋さんのこと。

地下九十九階層に穴を開けてダンジョン攻略を目指したこと。

だけど外層をぶち抜いた瞬間、熱水が噴き出してきて失敗に終わったこと。

マストンさんは私に代わって今回の一件のあらましをすべて説明してくれた。

「呆れた！　無茶はしないようにって忠告したのに、そんな方法でお金儲けしていたの⁉」

「うぅ、ご、ごめん……」

「ふーん、いい着想ね。ま、空き地とはいえ、ギルドの土地を勝手に使ったことは頂けないけど」

「現状、これ以上被害が拡大しないよう、メンバーが魔術で噴出箇所を食い止めているのだが、お嬢さん、外層のあの穴はあとどれほどで塞がるだろうか？」

「あ、えっと……たぶん一日もすれば完全に修復され――」

ん？　いやいや、待てよ。

地下九十九階層からは今も永続的に熱水が放出され続けているはずだ。それはつまり、状態回復作用が働かない状況にあるってことでは？

「…………」

しばらく考えた結果、爪の力を調査して得た法則から、現状では自然に穴が塞がらない可能性があることを私は結論として伝えた。

「熱水の源泉が枯渇するのを待つしかないってことね。だけど、マッチョどもの魔力にも限界はあるだろうし、このまま放置ってわけにはいかなそうね」

そこでアラクネ会長は机の引き出しから大きめの紙を取り出すと、いくつかのスキルを併用しながらこの周辺の地図を正確に描き出していった。

「よし、できた。それで、ここをこうしてっと」

地図が完成すると、次に会長はその上から直接ペンでさらに書き足しを行なった。ぱっと見た感じ、どうやら何かの設計図っぽい。

「とりあえずモグラちゃん、このとおりに穴を掘ってきて」

「あ、はい！」

なんでもしますなんて宣言した手前、もちろん断れるはずもなく私はアラクネ会長の指示に忠犬のごとく従った。

22. 罪と罰

それを完成させるために、まず最初にやったことは溢(あふ)れ出(だ)す熱水の逃げ道を作ることだった。

街を東西に分断するように流れる河川。そこから地下道を掘り、ギルドまで繋げる。何度か間違った場所にひょこっと顔を出して、通りすがりの人を驚かしてしまったけど（傍から見れば完全にモグラ）、なんとか『ギルド⇒川』までの〝パイプライン〟を作ることに成功した。

次に、私はアラクネ会長の指示の下、空き地一帯を一段掘り下げる作業に移った。

二十五フィーメル×二十五フィーメルほどの大きさの窪みを作ったあとで、排出用のパイプラインに繋げる。

「できましたー、お湯ちょっと流してみてくださーい！」

「「「了解(ラジャー)！」」」

噴き出す熱水は、〝肉体言語(ボディランゲージ)〟メンバーの魔術によって湯の玉となって空中に浮かんでいた。

それが私の合図とともに巨大な球体の一部が崩れて、滝のように流れ落ちていく。

舞い上がる湯気と飛沫(ひまつ)。

瞬く間に窪みは熱水で満たされ、湯の池へと姿を変えた。

「おぉ〜！」

爪の効果で土は湯の浸食を受けない。そのため湯面は一切濁らず、澄み渡っていた。無色透明だ。とってもきれい。それと、ほんのり柑橘系のいい香りもする。

てかこれ、お湯じゃなければ泳いで遊べるのになぁ。

なんて緊張感のない発想をするも、これで噴き出す湯柱は貯水された上でパイプラインを通り川まで流れていく。近隣に水害が及ぶという危険はもう排除できたと考えてよかった。

「へー、〝体力回復〟に〝状態異常解除〟。それと、〝美容〟と〝若返り〟効果まで。これはすごい効能だわ」

ふと隣を見ると、アラクネ会長が透明なフラスコにお湯を入れて何やら喜んでた。どうやらスキルを発動させて、有害なものが含まれていないかどうか成分のチェックをしてたみたい。

「さて、モグラちゃん、次のステップへ移るわよ」

「え？」

「ほら、マッチョたちさっさと集合。生産系スキル持ってる奴は全員ついてきなさい」

これで作業は終わりだと思ってたけど、どうやらまだ何かやるらしい。

十人前後の〝肉体言語〟メンバーを引き連れて出かけていったアラクネ会長は、一時間ほどでギルドに戻ってきた。その背後では大量の石材と木材が積まれた台車を押すマッチョメンたちの姿。

資材屋さんで資材を大量調達してくると、アラクネ会長はまたすぐに指示を飛ばした。

「まずはタイルからね。加工組と施工組にわかれて手早く作業しなさい」

言われるがまま、私たちは謎の工事を進めた。

再度、魔術で噴き出す熱水を食い止めて作業に当たる。まずはツルツルに加工した分厚い大理石のタイルを、溜め池部分含めて空き地全体に敷き詰めていく。

それが終わると、木製の塀を〝コの字型〟に囲うようにして設置。さらにそこから真ん中を区切るように仕切りを立て〝ヨの字型〟にしたあと、塀のない開いた部分にそこそこ大きめの小屋を建てた。

小屋の中も半分に仕切ったあと、カゴが置ける棚を三段にして作成。

そして屋外に繋がる二つの出入口と、溜め池に繋がる二つの出入口――合計四つのドアを設置する。

最後に、小部屋外側二つの入口それぞれに、木の棒を通した赤と青の布をかければ作業は完了だった。

「あの、アラクネ会長……それでこれはなんの施設なんですか？」

生産系スキルを保有してる人材が多かったこともあって、なんとか作業は完全に陽が落ちる前に終わった。

真っ赤に染まった夕焼け空に照らされる中、アラクネ会長は微笑みながら答えた。

「ふふ。これはね、〝温泉〟よ」

「オンセン……？」

私が聞き慣れない言葉に首を傾げていると、会長はさらに追加の説明をしてくれた。

「裸と裸のお付き合いをする場所。共同浴場と言えば伝わるかしら？」

どうやらこの温泉というものは、会長が若い頃、東の国々を渡り歩いているときに体験した文化なんだそうな。

私自身、水が豊富な地域では同時に大勢が入浴できる施設があるというのは聞いたことがあった。でも、こんな野外でお風呂に入るなんて話は初耳だ。

てかこれ、冬場だったら風邪引いちゃうんじゃ……？

会長の話には困惑を隠せなかったけど、とにかくこれで作業も完了だった。

マストンさん率いる〝肉体言語（ボディランゲージ）〟のメンバーたちとハイタッチを交わし、互いを称（たた）え合うと、アラクネ会長からも労（ねぎら）いの言葉をもらえた。

「みんなご苦労様、おかげで街に新たに一つ憩いの場所を増やすことができたわ。ただ、それで今回の件が免責されるって話ではないので勘違いしないように」

それでも、不祥事の責任がなくなったわけじゃない。そうはっきり告げられて、私は目の前が暗くなった。

「とりあえず、モグラちゃん」

「…………」

「一緒に会長室にきてくれるかしら。あなたには身体のすみずみ——じゃなかった、えっと、まだ根掘り葉掘り訊くことが残ってるわ」

「……はい」

また操の危機を感じるも、今度はしっかりと覚悟を決める。すべては自分が悪い。たとえギルドから除名を言い渡されたとしても文句は言えない立場だ。

　会長室に入ると、今度は応接用のソファーに座るように促された。大人しく指示に従って、私はアラクネ会長と向き合う形になる。

「さて、まずはモグラちゃんのしでかしたことについて整理しましょうか。今回の件、どんな罰則が適用されるべきか論じるためにもね」

「…………」

「まず最初に、ギルドの土地を勝手に利用したことだけど、さっきその辺のところを調べてみたらね、地下の所有権に関しては明確な取り決めってないみたいなの。ま、地下室なんてのは砦（とりで）とかお城にあるもんだから、この人間たちの社会で一般的に定められていないのもしかたないんだろうけど」

　まるで自分自身がこの人間社会の外にあるような言い回しに少し引っかかったけど、私の戸惑いを解せず会長はさくさくと話を進めた。

「ギルドの地中で生活してる人がいたとしても、現状のルールだと罪に問うのは難しいらしいのよね。なので、この件については不問です。パンパカパーン、おめでとー」

「は、はぁ……」

「んで、次。ダンジョンの外層を破壊した件なんだけど、これも色々と調べてみたら同じく罰則が定められていないのよね。ま、こっちはそもそも壊せないってのが前提条件だから、それを破壊した場合の取り決めなんてないのは当たり前なんでしょうけど。たとえ空を落としたとしても、その罰が定められていないのと同じでね。ただ、そんな絶対的なルールすらも捻じ曲げちゃうその爪は、とんでもない代物よ」

「…………」

それは私自身も、外層を破壊したときに考えたことだった。ひょっとしたらこの暗黒土竜の力は、人が手にしてはいけないものだったのかもしれない。

「ま、爪に関しては今はわからないことだらけだし、追い追いってことで話を戻しましょう。前述した二件については不問ではあるけど、モグラちゃん、今回の件、あなた自身は何が一番いけないことだったと思ってる？」

「え、えっと……」

少し考えた末、自分なりに答えを出してみた。

「楽してお金を稼ごうとしたこと……でしょうか？」

「すばらしいわ。不正解、０点ね」

「うぅ……」

「楽しようが苦労しようが、お金を稼ぐことになんの問題もないわ。そもそも冒険者なんてアコギな職業よ。規律と規則に触れるギリギリのところでやってるくらいがちょうどいいって話ね」

地中の無断利用も、外層の破壊も、モグラ屋さんの商売も、すべては不問。

だとしたら、一体何が悪かったのか――

「ヒントをあげましょう。今回、モグラちゃんはダンジョン内の異物を引っ張ってきました。それはなんだったでしょうか？」

「お、お湯です……」

「正解。しかもただのお湯じゃない。有益な効能を持つ、それだけで街の財政を潤してしまうような資源をあなたは引き当てたの。これはまさしく功績と呼んでいいわね」

「え？」

あれ、なんだかほめられてない？　もしかしてアラクネ会長、今回の件で罰を下すつもりなんてないのかな？

「でもね、もし――」

そんなふうに事態をゆるく考えはじめたところだった。次の瞬間、会長の言葉が私の背筋を凍らせた。

「もし――外層から噴き出してきたものが温泉ではなく、マグマや毒ガスだったら今頃この街はどうなっていたと思う？」

「あっ……」

地中から引っ張ってきたものが、アラクネ会長が言うとおりもし人体にとって害をなすものだったら……きっと、被害は尋常ではないものになっていただろう。

「間違いなく、現状とは正反対の結果になっていたでしょうね。下手したら、冗談抜きでみんな街ごと滅んでいたかもしれない」

「わ、私っ……」

「モグラちゃん、これで自分が何をしたのか、わかった？」

「……はい。私、何も考えてなかった……」

「今回、モグラちゃんの一番悪かったところをあげるなら、それは想像力の欠如ね」

すべては可能性の話。

でも、可能性がわずかに違っただけでも、すべてはおぞましい結果に変わっていた。

「ギルド会長として、あと街のまとめ役としては最低のことを言うようだけど、今回モグラちゃんが最悪のリスクを考慮した上で外層を破壊したっていうのなら、私はその選択を責めなかったでしょうね。危険を冒して成果を収めるのは、冒険者のあり方としては正しいことだから。だけど、モグラちゃんは起こり得る最悪について想像する努力を怠った。これは冒険者としては致命的よ」

「…………」

「もちろん今回の件、話を持ちかけてきたマストンたちが一番悪いわ。本来なら年長者がそういうことを教える立場ですらあるはずなのに。だからあいつらには地獄のほうがまだマシだって思える程度には、しっかりと罰を与える予定よ。

でも、同時にねモグラちゃん、私はあなたにもしっかり罰を与えようと思う。まだ子供だからかわいそうだとか、初犯だから罪を軽くしようだとか、それを今ここで私がしてしまえば、あなたはきっと許されたと勘違いしてしまうかもしれない。だからね、今回の失敗を省みることを続けてもらうためにも、これをあなたに科すことにするわ」

会長はそこで一枚の紙切れを取り出すと、私にそっと差し出した。

借用証

冒険者ギルド・アリスバレー支店様

200,000,000 マネン也

私、エミカ・キングモールは
上記金額を借り受けたことを
ここに証明いたします。

署名:

それは二億マネンの借用証書だった。

金額の根拠は、温泉場建設にかかった費用とおおよその損害額の合算らしい。

でも、マストンさんが提示した成功報酬と借用書の額面が同じなのは、きっと偶然ではないんだと思う。

「安心して、別に取って食おうってつもりはないわ。これは商売の話でもある。モグラちゃん、あなたの商才を見こんで温泉場の経営を任せるわ。とりあえずは出た利益の半分を借金の返済に充ててくれればそれで十分よ」

「…………」

すべては何もかも、考えてのことなんだろう。

そして、この人は大人で、私は子供なんだ。当たり前だけど、痛烈に今それを思い知った。

「私、ほんと愚かでした……」

「悪いと思ってるなら、今はひたすらに後悔すればいいわ。反省し続けることで人は多少なりにも正しくなれる。ま、多少なりにだけどね」

「……はい」

私は涙ぐみながらその場で借用書に署名した。

幕間　〜天使の休日〜

アリスバレー・ダンジョン地下九十九階層――

焦げた茶色、くすんだ赤、淡い緑。

そして、目を焼くような煌びやかな金。

至るところが隆起し、崖となり侵入者を阻む大地は、この世の物とは思えぬ色彩を放っていた。まるで地獄の釜を引っくり返した如く。斑で異質な地表は、見る者に不気味さと畏怖の念を抱かせる。

最大で百五十フィーメルを超えるドーム状の高い天井部分は、燦爛と白く輝く未知の鉱石で覆われており、その光は階層の中心に広がる湯面へ降りそそいでいた。

そそり立つ崖に囲まれた円形のくぼ地――アズラエル湖。

「うっふふっふふ〜♪」

ダンジョンの創造主によって名づけられたそのほとりでは今、翼を持った一人の少女が鼻歌まじりに足湯を愉しんでいた。

整った目鼻立ちに、愛嬌を感じさせる口元。

まっすぐ背中まで伸びた黄金色の美しい髪。

華奢（きゃしゃ）ですらりとした身体は、純白の薄い衣で包まれている。

その少女の名は、サリエル。

彼女は、正真正銘の天使だった。

「あはー♥」

遊び場にしている煙突の様々な名所の中でも、彼女はこのアズラエル湖を特にお気に入りの場所の一つとしていた。

「極楽ごくらく～♪」

こうして湯に浸（つ）かりにきたのも、もう何百回目かも覚えていないほどである。だからその日、湖の底で起こっている異変にサリエルが気づけたのは偶然ではなく必然だった。

「ん？　あれれ～？」

前回訪れたときよりもわずかに水位が下がっている。

最初に覚えた違和感はそれだった。

「とぉ――――！」

颯爽（さっそう）と湖の中へ飛び込み、異変の正体を探るサリエル。原因はすぐに判明した。薄暗い湖の底部。そこでは、ぐるぐると激しい渦が巻き起こっていた。

穴が開いてる……？

その奇妙な光景は、サリエルの好奇心を駆り立て判断を誤らせた。

あっ！

このままじゃ吸いこまれちゃ――

必要以上に接近しすぎたと気づいたときにはもう遅かった。刹那、天使は螺旋（らせん）の中心に呑まれ、姿を消す。

果たして、その行方を知る者は……。

23. 番台娘エミカ・キングモール

ギルドの空き地にできた温泉場は、アラクネ会長に〝モグラの湯〟と名づけられて営業を開始。初めのうちこそお客さんもまばらだったけど、数週間もすれば口伝えに評判が広がって客足も伸びていった。

現在、すでにオープンして二ヵ月が経過。私の生活は、モグラ屋の頃に比べるとまたがらりと変わっていた。

というわけで今回はこの私、番台娘エミカ・キングモールの華麗なる一日をご紹介しよう。

「ふわぁ、眠ぅ……」

まだ陽も昇らぬ早朝四時、起床。

番台の朝は早い。

「うりゃりゃあぁーーー！」

朝五時。湯煙が舞う中、デッキブラシを使って掃除を開始。場内を駆けたあとは洗い場の周辺や脱衣所もきれいにして回る。身体を清める場所である湯治場が汚いなんてもってのほかだ。掃除はほこり一つ残さず入念に行なう。

「おまたせしましたー、モグラの湯開店でーす！　いらっしゃいませ～！」

六～七時頃になると、朝風呂目当てのお客さんがぽつぽつとやってくる。みんなこの露天湯の虜となった常連さんたちだ。番台で入浴料を受け取り、女性客は赤の布（会長の話では〝暖簾〟というらしい）がかかった入口へ、男性客は青の布がかかった入口へ。それぞれ案内する。

それが過ぎると夕方までは暇……とはいかず、私は温泉場の塀の見回りに向かう。

「――あっ、こらぁー!!」

そして、不届き者を発見。

ただちにデッキブラシを手に武力介入に移る。

「げっ!? おい、モグ娘がきたぞ!!」

「早く逃げるでござる!!」

「えっ、ちょっ!?」

「ガキども、またお前らかぁ～!!」

のぞき魔は近所の少年三人組。年齢はシホルと同じぐらいだと思う。最近お客さんからの苦情も増えていたので見回りを強化していたところだ。

遭遇したのはこれで三度目のこと。前回、前々回は、あと一歩のところで取り逃がしてしまった。なので、今日こそは――!!

「「「うわっ!!」」」

こちらの気迫に押され焦りが出たのか、のぞきのため塀の傍で肩車をしてた彼らは一斉にバランスを崩した。

よし、チャンス！　颯爽と現場に駆けつけた私は、無様にも地面に転がった犯人たちに向けてデッキブラシを突きつけた。

「今日という今日は逃がさん！　逆さ吊りにしてやる‼」

「痛てて……。ちっ、なんだよ、うっせーなっ！」

「俺らは女湯がどうなってるのか、ちょっと見てただけだっつーの！」

「そうでござる！　ボクたちはただ知的好奇心を満たそうとしていただけ！　それが一体なんの罪になるというのでござるか⁉」

「なっ⁉」

三対一という状況が彼らを増長させているのだろう。まさかの逆ギレにたじろぐ。てか、ござるってどこの方言だ。

「ぐぬぬ、こいつらぁ……！」

　いや、落ち着け私。

　こういうときこそ年長者として、正しい大人の理屈で相手を言い負かさなければだった。

「ねえ、君たちさ……人の迷惑になることしちゃダメだよね？」

「別にモグ娘には関係ねーし！」

「関係なくないよ。私はここの番台だし、私だってここの温泉を利用してる客の一人だよ。入浴中、誰かにイヤらしい目でのぞかれてたら気分が悪いし、落ち着いて入ってらんないよ」

「「……はぁー？」」

そこで三人組は互いの顔を見合わせると、くすくすと声を出して笑いはじめた。

「おい、何がそんなにおかしい……？」

「だ、だってよぉ！　そんな〝凹凸のない身体〟で……くっ、ぷはは‼」

「ぎゃははは、安心しろって！　お前みたいな〝まな板オンナ〟誰も見ねーから‼」

「ぷーくすくす、これはひどい勘違いを見たでござるよ‼　ぷーくすくす、もう一個オマケにぷーくすくす‼」

——ブチッ！

私の中で、不意に何かが切れた音がした。

同時、五本の爪が傍にあった樹木に勢いよく突き刺さる。

そして、少し間を置いて、軋む音。

——ミシミシミシミシミシ！

「「「え？」」」

——ガガッ、

——ミシミシミシ、ガガガッ、

——ガ、ガガッ、ミシミシミシミシミシミシ、ガッ、ガガガッ‼

——ギギッ、ギギギギギ……バギッッ‼

——ズッドオオォーーーンッッッ！！！

「「「…………」」」

あ、まずい。

自然にはなんの罪もないのに、つい怒りに我を忘れてひどいことを。いかん、冷静にならなくては……。

少年三人組は時間が止まったように、口をあんぐりと開けて固まっていた。

ま、無理もないよね。たった今までバカにしてた相手が、木の幹を握力だけで握り倒すなんて芸当を目の前でやってのけたんだから。

だけど、これでお互いクールダウンして、まともな話し合いができるかもしれない。

私は決して暴力による解決を望まない。必要なのは、しっかり言葉を交わし合った上で相手に悪かった点を認めてもらうこと。それさえ叶えば暴言を含めて彼らのすべてを許せるだろう。なぜなら私は、寛大な精神の持ち主なのだ。身体に凹凸がないだとか、まな板オンナだとか、ぷーくすくすだとか、ぷーくすくすだとか、ぷーくすくすだとか言われても怒ったりしないし、未来永劫根に持って壮大な復讐（ふくしゅう）の計画を立てたりなんかもしないし、少年らを絶望のどん底に叩きつけたりなんかもしない。

うん。

だから話し合おうじゃないか。

それさえ済めば、すべては敵味方（ノーサイド）なし。

明るい未来が待ってるよ。

穏やかで友好的な対話をするために、ふさわしい最初の一言は何か。

答えを導き出すと、私は満面の笑みでそれを口にした。


「埋　め　る　ぞ」

「「「す、すすすみませんでしたあああぁぁぁっ～～～!!」」」


次の瞬間、三人組は蜘蛛(くも)の子を散らすように雑木林の中を駆けていった。

「あっ、逃げた⁉　いや、まいっか……」

さすがにこれに懲りて、もう二度と悪さなんてしないはず。

対話(どうかつ)を終えて番台に戻ると、私は繁盛する夕方からの接客をこなし、夜九時頃に入浴客が途切れたのを見計らって入口の暖簾を下げた。

これにて本日の営業は終了。

締めの仕事である売り上げの計算に入る。

一日の平均利用客が男女合わせて大体二百人前後。

入浴料は一律三百マネンなので、基本的な利益だけでも六万ほど。

それにプラスして、シホルからもらったアイデアを参考に、果汁を混ぜた冷たいミルクや、温泉を利用して作ったゆで卵の販売なども行なっている。その他にタオルや着替えの貸出金などを含めると、大体一日の平均売り上げは総額で十万前後。その中の約一割ほどが私の純粋な取り分となる。

今日も売り上げとしては高すぎず低すぎずで安定。

ギルドの金庫に売上金を保管すると、私は脱衣所に向かった。

オーバーオール、シャツ、下着、順々に脱いで洗い場に直行。汚れを入念に洗い流してきれいな身体になると、手足を伸ばして湯船に浸かる。

一日の疲れを取るこの時間が最近の私のささやかな楽しみだ。

「ふへぇ……」

温泉の熱がジンジンと伝わってくる中、四角い夜空を見上げると、そこには瞬(またた)く満天の星々。風で舞う湯煙の中、明滅する小さな光たちは現実感が薄く、とても幻想的だ。

ああ、こんなすばらしい場所を独り占めできるなんて。思わず、口元がほころんでしまう。

「今度シホルとリリも連れてきてあげよう……あ、でもリリは嫌がるか」

そこで一度、ドボンっと頭のてっぺんまで浸かったあとで再浮上。

「ぷはぁ～！」

私は湯船に浸かると、けっこう考え事をするタイプだ。そのまま目をつぶり、今後の経営と二億の借金について思案をめぐらせる。

一日の売り上げの十万マネン。そのうちの半分が借金の返済に充てられる。

一日で五万なので、一年で千八百万ほど。

現状、単純計算で全額返し終えるのに十年以上かかる計算だ。

「やっぱ、もっとお客さんを増やすべきかなぁ……」

モグラの湯の利用客のほとんどは、地元の人間か地元の冒険者で固定されている。旅人や流れ商人が集まる場所で呼びこみをすれば、劇的に売り上げを伸ばすことができるかもしれない。

あと、温泉を飲んでも効能が出るらしいから、そのまま売るって方法もありだね。女湯の北側の湯柱から直接汲めばきれいだし、それと〝女湯の湯〟とか、別の意味でも売れそう……あ、いやいや、それは倫理的にまずいか。

「うん。ま、地道にやろ……地道にね……」

ふと、全身の疲れがほぐれていく感覚。

温かくて、気持ちよくて、ちょっと眠い。

そんでもって、なんか色々とどうでもよくなっちゃう。

「ふにゃぁ……」

あと十年、この生活を続けるのも悪くない。

いっそのこと冒険者業を辞めたって――

――ひゅうううううぅ～ん！

「……ん？」

そのときだった。

突如として空から何かが降ってきたのは。

――ドッバーーーーンッッ‼

「はひゃあっ⁉」

耳を劈く轟音(ごうおん)に、すっとんきょうな悲鳴をあげた次の瞬間、私は湯船に浮かぶ白い翼を見た。

24. 天使降臨

空から降ってきたのは女の子だった。

薄手の白いワンピースに、きれいな金色の髪。うつ伏せになってプカプカと浮いてるので顔は見えないけど、私と同じぐらいの背格好なのでたぶん同年代だと思う。

でも、一体どこから落ちてきたんだろ？　それに、この背中にある翼は……？

衝撃による波紋が広がる中、立ち去るわけにもいかず私は恐る恐る声をかけた。

「あ、あの、大丈夫ですか……？」

直後、翼の先端がピクリと動く。

――ザパーン！

「ぷはあ!!」

「うわぁっ!?」

水面から女の子が突如として起き上がってきたので、思わず直立で飛び上がる。ここしばらく平穏な生活を続けてきた分、驚きもひとしおだった。

「あはは！　何これ～楽しい－!!」

そんなこちらの気を知ってか知らずか、女の子はニコニコと無邪気に笑いはじめた。とてもご満悦の様子だ。

　でも、何がそんなに愉快なのかはさっぱり不明。

　というか、私の存在を無視しないでいただきたい……。

「あの、すみません、お客さん……」

「んー？」

「本日の営業は終了しておりま――」

「あ、人間⁉　すごいっ、人間だぁー‼」

「……はい？」

　微塵も想定してなかった反応に私が首を傾げるのにも構わず、女の子はばしゃばしゃと湯船をかきわけながら近づいてきた。そしてそのままこちらの両手をつかみ上げると、上下にブンブン振ってはしゃぎはじめる。

「すごいすごいっ、まだ滅んでなかったんだ！　ん、あれれ？　でもちょっと、〝ドラゴン〟の匂いもするような……？　ま、いいや！　ねえねえ、あれって人間さんが作ったのー？」

　女の子はテンション高く騒ぎ立てると、女湯の北側にある湯柱を指差した。その目はキラキラと輝いて好奇心に溢れている。それだけ勢いよく湯が噴き出すこの光景がものめずらしいみたい。

「いや、私が作ったといえば作ったことになるけど……まぁ、不慮の事故で、ちょっと……」

　心の古傷がチクチクと痛む中、私が顔を背けながら認めると、女の子はさらに声を弾ませた。

「あのねあのね、すごく楽しかったよ‼　穴に吸いこまれたかと思ったら、しゅぱーんって水に流されてね！　最後はあそこからドーンって！　ほんとアズラエル湖と地上を繋げてあんな楽しい発射装置を作るなんてすごいよー！　ねえねえ人間さん、名前はなんていうの～？」

「え？　あ、エミカだけど」

いや、ちょっと待て。今なんて言った、この子……？

穴に吸いこまれた？

水に流された？

ドーン？

湖と地上を繋ぐ？

発射装置？

いやいや待て待て、それってつまり――

「あの、お客さん……っ、つかぬことを伺いますが……」

「オキャクサンじゃないよー？　あたしの名前はサリエル！」

「サ、サリエルさん――いや、サリエル」

「うん！」

「あんたさ、どっから入ってきたの……？」

お願い、脱衣所のほうを指差して！

「だからあそこからだよー？」

そんな私の希望をあっさり裏切ってだった。サリエルと名乗った女の子は正規の入口とは反対側にある湯柱を指差した。

「…………」

ははっ、なるほどですな。

つまりはダンジョン――しかも地下九十九階層から来店したと、そうおっしゃりたいわけですね。

「――あっ！　ということはモンスターなの⁉」

人間の身体と鳥の翼を持った魔物の話なら聞いたことがある。たしか、〝ハーピー〟とかいう奴だ。

だけど、私が恐怖で後退(あとずさ)りする中、サリエルはその疑惑を眉根を寄せながらきっぱりと否定した。

「あたしはモンスターじゃないよー？」

「嘘(うそ)だ、騙(だま)されないぞ！　そうやって油断したところをぱっくりいくつもりだな⁉」

「ぱっくりいかないよ～。天使は人間を食べたりしないもん」

「……は？」

おいおい、またなんか変なこと口走ったぞ、この子……。

「て、天使……？」

「うん。あたしは天使だよ～♪」

「…………」

優しい心を持ってるだとか、人を労わる性格の持ち主だとか、どうやらそっちの意味ではなさそう。会話の流れ的にまず間違いなく、宗教上の、神様の使者って意味のほうっぽい。

どうしよう。

これ完全に許容範囲オーバーだ。

でも、正直もうこのまま無言で帰ってしまいたいレベル。

この自称天使を放置した結果、あとでもっと大変なことになったりしたら……。

「ね、ねえ……サリエルはダンジョンに住んでるの？」

この場から逃げ出したい気持ちと、第一発見者である責任のあいだで揺れた結果、私は一歩踏みこむ決意をした。

「ダンジョンー？　あ、煙突のことを人間はそう呼ぶんだっけ〜？　ううん、あたしは煙突の先にある〝天獄〟に住んでるよー」

「テ、テンゴク……」

「うん。大昔、あたしのお父さんとかお母さんが星を渡り歩いてこの世界にたどりついたとき、まだ地上はとても住める環境じゃなかったからね、暮らせる場所を世界の中心に新しく創ったの。そこが天獄だよー♪」

「えっ……」

「あ、ちなみにエミカたち人間がダンジョンって呼んでるあれー、元々はお父さんたちが地上にやってきたときに乗ってた〝船〟だったんだってー。面白いよね、あははー♥」

「…………」

あははー。


——じゃねぇっ!!

やばいどうしよう！　この天使、なんか世界の核心に触れるようなこと今さらっと言った！　さらっと言ったよ!?

これ一歩踏みこむどころか、もうとんでもないところまで踏みこんじゃってない!?　てか、住んでるとこ訊いただけなんですけど、私っ！

「ぐぬぅ……」

「どうしたの、エミカー？」

頭を抱えて苦悩する私を、サリエルは不思議そうに見る。

いや、待て待て。落ち着け、私。

まだサリエルが本物の天使だと決まったわけでも、なんか神様的な存在であると決まったわけでもない。

いや、もうこの際、逆に考えるんだ。

仮に本物だったとしてなんだっていうのさ？　世界の真実がなんであれ、別に私のような小娘の底辺冒険者には関係のない話だよ。動揺する必要なんてまるでなしだ。

うん、大丈夫。

よく考えたら大丈夫だった。

怖いものなんて何もない……！

――バサッ、バサッ。

――ススッ、スィ～。

「あはは、エミカ見て見てー♪」

心を落ち着かせて顔を上げると、翼を広げたサリエルが温泉の上をゆるやかに滑空してた。

白く細い足先が湯面に触れるたび、新しく波紋が描かれては消えていく。満天の星々の下、湯の煙をまとって舞う姿はとても神秘的で、まるで美しい絵画の光景がそのまま現実に飛び出してきたみたいだった。

「あわわ……」

あー、ヤバい。

マジで本物っすな、これ。

25. 気づけばそこは……

とにかく、問題を起こされる前に元の場所へ帰さねば――！

この天使の処遇について私は速断した。

だって、正体がバレて捕まりでもしたら大変だよ？　昔、希少なモンスターや亜人種がどう扱われる（扱われていた）のかを解説してる本を読んだけど、今も恐くて悪夢に出てくるほどだもん。

きっとサリエルも王都とかの研究機関に連れていかれた挙句、全身の血を抜かれたり、おなかを切り開かれたりされちゃうはず……。

「ねえ、サリエルはどうやって天獄に帰るつもり？」

「煙突の中に入っちゃえば、ぱぱっと帰れるよー」

「ぱぱっと……？」

その意味はよくわからないけど、とりあえずダンジョンの入口まで連れていけば問題ないらしい。

ならば善は急げだ。私はサリエルを脱衣所まで引っ張ると、まずは彼女の濡れた金髪をタオルで拭いてあげた。

「よし、次は身体を――って、その服じゃダメだね……」

「んー？」

サリエルが着てる白いワンピースはびちょびちょで、至るところ肌が透けていた。

いや、というかこの子、下になんもつけてないや。肌どころか色々とスケスケだよ。胸もかなり大きいし、全裸の私なんかよりもよっぽどエッチで艶めかしい。てか、そもそもこの服じゃ翼だって丸見えだ。

「はい、バンザイしてー」

「は～い♪」

とりあえずやたらと伸びる不思議な材質でできたワンピースを脱がして、サリエルの全身を隈なく拭く。

それを終えたあとで私は先に自身の着替えを済ませた。

「着替えを取ってくるから絶対ここを動かないでね、いい？」

「エミカー、あたしのど渇いたー！」

「あんた私の話、まったく聞いてないな……」

てか、天使ものど渇くんだね。

「むぅ……」

このまま放置するのは危険な気がする。

とりあえず欲求が満たされてるうちは余計なことはしないはず。そう考え、私は脱衣所に備えつけられた大型の保冷器（内側に水の魔術印が施された物）からフルーツ味の牛乳を取り出し、サリエルに与えた。

「わぁ、何これ～、あまーい♪」

一口含むと、彼女は翼をパタパタと動かした。どうやら嬉しいときの感情表現らしい。

機嫌がいいときに、猫が尻尾を立てるようなものかな？　あ、なんか私、天使の生態に詳しくなりはじめちゃってる……。

それからダッシュでギルドに行って、備品として保管してあった魔術師のローブを入手。脱衣所に戻ってサリエルにそれを着せると、私は彼女の手を取って外に出た。

「エミカー、この服翼が伸ばせないよー？」

「少しのあいだだよ。我慢して」

不満を漏らすサリエルを連れてギルドの正面側に出る。あとはダンジョンまで、道なりに北上するだけでオッケーだ。

「ねえねえ、エミカエミカー！」

だけど、石畳の街並みに興味を抱いたのか、通りに出るとまたサリエルが急に騒ぎ出した。

「エミカはここに住んでるのー？」

「え？　そ、そうだけど……」

「どれがエミカの家ー？」

「私の家はこの近所じゃないよ。もっと街の外れのほう」

「じゃあ、そこまで連れてってー！」

「……はい？」

「あたしエミカの住んでるとこ、見たーい♪」

「…………」

まずい、なんかわがまま言い出したぞ。

ちょっと甘やかしすぎたかも。ここは一度ガツンと言ってやらねば、このままじゃズルズルと主導権を握られてしまう……。

「もうサリエル、少し静かにしてよ！　私はね、あんたのためを思っ――!!」

「おっ、なんだなんだ揉め事か？」

「あれ？　あれってエミカちゃんじゃない？」

「あ、マジだ、モグラ屋の子じゃん。どうかしたかー？」

危機感から語気鋭く言い放とうとした瞬間だった。そこで以前モグラ屋さんを頻繁に利用してくれていた上級冒険者さんたちに声をかけられた。

「げっ……」

しまった。今はちょうど酒場が混み合う時間。ギルドの正面入口は同業者との遭遇率が極めて高い場所と化していた。

「な、なななんでもないですっ！　みなさんどうかお気にせ――」

「あ？　何ボーッと立ち止まってんだよ、お前ら？」

「何なにー？　何かあったの～？」

「お、なんだなんだ！　もしかして喧嘩か⁉」

「………………」

騒ぎに気づいた一人が立ち止まり、また一人が立ち止まるといった感じだった。あっという間に通りには人だかりができてしまった。

「わぁ、人間がいっぱいー！　すごい繁栄してるねー‼」

「くっ……サリエル、こっち‼」

サリエルが周囲の人間に興味を持ち出したのをみて、私は慌てて彼女の手をつかんだ。そのまま駆け足で人混みを抜けていく。

焦ってたのでダンジョンとは正反対、街の外側のほうに逃げてきてしまったけど、背に腹は代えられない。この際致し方なしだ。

「いい？　約束できる？」

「はーい♪」

人気のない場所まで逃げのびたところで、これ以上もう絶対に騒がないことを条件に、私はサリエルをしぶしぶ家まで連れていくことに決めた。

「おねーちゃん、その人だれぇ……？」

帰宅すると、眠たそうに目をこするリリがサリエルを不思議そうに迎えた。モグラの湯が開店してからは晩ご飯もばらばらで先に寝ちゃってることも多いけど、どうやら今日は帰りを待っていてくれたみたい。

「ええっと、この人はね……お姉ちゃんの知り合い、かな……？」

「わぁ、ちっちゃ〜い」

私が適当にごまかす中、サリエルは腰を屈めて妹に接近していく。

あー、人見知りだから絶対嫌がるだろうなぁ……、そう思ったけど、予想に反してリリは初対面のサリエルに対してキャッキャとはしゃいだ。

「わー、おんなじー！」

「だねー、同じだねー♪」

そう言って互いの頭を笑顔で指差す二人。どうやら髪の色が同じ金色だから意気投合（？）してるみたいだ。

うん。たしかに金髪の人はアリスバレー周辺ではあまり見かけないからね。王都のほうまでいくと多いらしいけど。

「「あはー♥」」

「…………」

てかこの二人、そういえばどことなく似てる気がする。

だからリリも安心したのかな？

「あ、エミ姉、帰ってたんだ。おかえり――って、お客さん……？」

そこで裏手の入口から寝間着姿のシホルが入ってきた。タオルで肩まである赤髪を乾かしながら首を傾げてる。見当たらないなーと思ってたら、ちょうどお風呂に入ってたらしい。

「ごめん、シホル！　いきなりだけど晩ご飯二人分残ってる？」

「今日は多めに作ったから大丈夫だよ。そちらの、ええっと」

「サリエルだよー♪」

「ならサリエルさんの分も今用意するから、少し待っててね」

サリエルを居間の食卓に着席させて、私もその隣に座る。

すぐに食事は運ばれてきた。

本日のメインは、こねた挽き肉を丸めて焼いた料理。レストランで食べた味を家でも簡単に再現できるようにと、シホルがソースを含めてレシピを改良してできた一品だ。

「わぁー、これが人間の料理ー!?」

「はい、元々は東の民族が食べていた生肉料理をヒントに考案されたもので……え？　人間の料理？」

「さ、冷めないうちに早く食べよう！」

「わぁー！　何これ～美味しぃー!!」

シホルの料理は天使の口にも合ったようで、サリエルはあっという間に皿をきれいにすると、ちょっと大袈裟すぎるほどに喜びを言葉にしてた。終始ローブの背中がモゾモゾ動いてたので本心からだろうけど、私としてはシホルに怪しまれないか気が気じゃなかった。

「むにゃにゃ……」

食べ終わる頃にはリリが船を漕ぎはじめたので、私は妹を抱っこして寝室まで運んだ。なぜか後ろからサリエルもついてきたけど、別に止める理由もなかったので好きにさせておいた。

「ふかふかだー♪」

私がベッドにリリを寝かすと、すぐにその隣でサリエルが横になった。

「んー、ふにゃぁ……」

慣れない地上で疲れたのだろう。そのまま安らかな寝息を立てはじめる天使だった。

しかし、金髪の少女が二人、寄り添い合うように眠る姿はまるでむつまじい姉妹を見てるかのようで、私としては少し複雑な気分でもある。

「むぅ～」

ま、いっか。

このまま朝まで大人しくしてくれるなら、それはそれで。

夜から深夜にかけて、ダンジョン周辺は冒険者も含めて人通りが多い。やっぱ明日朝一番に動くのが最善だろう。

「二人とも寝ちゃったんだ？」

「うん。てか、いきなりお客さん呼んでごめんね。明け方には一緒に出かけるからさ」

「いいよ、別に。お仕事関係の人なんでしょう？」

「え？　あ、まぁ、そんなとこかな……」

「それなら気にしないで」

居間に戻って片づけを手伝ったあと、私も寝る準備を整え寝室に入った。

普段私一人が使ってる小さなベッドと、シホルとリリが使ってる大きなベッド。二台ある寝台をくっつけてなんとかスペースを確保。サリエル、リリ、そしてシホルと私の順番で横になった。

「狭いね。寝ぼけて落ちないようにしないと」

「ふふっ……」

私の胸元近くで眠るシホルが、上目遣いにこちらを見ながら笑う。何がおかしいのか不思議だったので訊くと、姉としてなんかキュンっとする答えが返ってきた。

「ううん。ただ、エミ姉と同じベッドで寝るなんて久しぶりだから、嬉しくて」

「……シホルって、かわいいよね」

「えー、そうかな？　私はエミ姉のほうがかわいいと思うけど」

からかうようにそう言うと、クスクスと本格的に笑いはじめるシホルだった。

くそ、やっぱかわいいじゃないか。

「最近、エミ姉さ」

「ん？」

「温泉場の仕事はじめて、ダンジョンに行かなくなったよね」

「うん」

「実は私ね、それがけっこううれしかったり」

「…………」

「ごめん。冒険者やってる姉に、こんなこと言っちゃいけないよね」

「いいよ、別に」

「エミ姉にはね、もう危険な思いとか辛い思いとかしてほしくないの。だから、このままこの暮らしが続くといいなーって、私、ちょっと思ってる。少し前みたいに裕福でも、さらにその前みたいに貧乏でもなくて、生活的にもちょうどいい感じで……」

「心配しないでよ。もう無茶はしないからさ」

「本当？」

「ほんと。死んだお母さんに誓うよ」

「わかった……それならいいの。おやすみなさい、エミ姉」

「おやすみ、シホル」

妹が吐露した真情を少し考えたあとで、私は眠りについた。

——暗転。

翌日は、いつもどおり四時に起床。

「起きろー」

「う、う〜ん……」

サリエルの頬をペチペチと叩いて起こしたあとで、出発の準備に入る。

一度ローブを脱がしてから、外に干してたワンピースを着せ、さらにその上からもう一度ローブを着こませる。

これで準備は完了。私たちはそのままダンジョンに直行した。

「ねえ、ほんとに一人で帰れる？」

「うん、ぱぱっと帰れるよー」

無事誰にも咎(とが)められず、ダンジョン内に入ったあとで私がたずねると、サリエルはあっけらかんと答えた。

「いや、だからぱぱっとって何……？」

まさか階段を一段ずつ下りていくわけじゃないよね？　そんなことしたら絶対冒険者と遭遇しちゃうぞ。

そんなふうに心配に思ってると、不意にサリエルに腕をつかまれた。

――ドヴゥ～～～ン。

え、何この音？

「ほら～、こんなふうにね、天使は煙突の中を自由に移動できるんだよー♪」

気づけば、周囲の景色が一変していた。

「へっ？　こ、ここ……どこ……？」

見慣れた地上一階層の大きな通路は消えて、今、私の眼前には湯気が昇り立つ巨大な湖が広がっていた。

26.　守護者

嫌な予感しかしない。

「ここはアズラエル湖だよ。あたしのお気に入りの場所なんだー」

「…………」

のほほんとしたサリエルの声に、目が眩む。そしてもうここがどこなのか、大体わかってしまった気がする。

「いや、待て……落ち着け、落ち着くんだ、私……」

何事も早合点はいけない。とにかく冷静に、状況を整理してみようじゃないか。

まず、煙突——ダンジョン内を「自由に移動できる」とさっきサリエルは豪語した。これはきっと、どこであろうとも転送石を使う感じで空間を自由に移動できるってことなんだろう。事実、地上一階層から見知らぬこの場所に私は一瞬で飛ばされてきたわけだ。

うん。

認めよう。認めようじゃないか。

ここは、もうダンジョンの地上部分ではない。

ならばこの不気味な場所は、一体どこなのか？

サリエルは目の前の湖をアズラエル湖と呼んだ。これまでの会話から、そこは地上に噴き出している湯の源泉であると推定できる。

すなわち、ここは私が二ヵ月前に穴を開けた外層と繋がっている場所だと考えられるわけであって、あとは、言わずもがな……。

――ごくり。

のどを鳴らしたあとで、私はオーバーオールのポケットから深度計を取り出した。家を出る際、なんとなくモグラ屋さんのときの癖で持ってきてしまった物だけど、まさか使うことになるなんて思ってもなかった。

震える爪で本体のケースをずらし、表示を確認する。

次の瞬間、極小の球体が明滅を繰り返す。

やがて現れた数字は、二桁でもっとも大きなゾロ目だった。

――――『B99』――――

はい。

ここ、ダンジョンの地下九十九階層。

紛れもなく、深層の中の深層です。

以上、証明を終わります。

…………………。

「あば、あばばばばば――」

「エミカー、どうしたの～？」

「サ、サササリエル！　サリエルぅぅ～!!」

「んー？」

「元の場所に戻してえええええぇぇぇっっ～～!!」

半狂乱で絶叫しながら、サリエルの肩を揺らして懇願する。でも、そんな私のリアクションを一切スルーして、目の前の天使の皮を被った悪魔は「あはー♥」と微笑みつつ悠長な態度を崩さない。

「大丈夫、ここはあたしの庭だからー」

「絶対大丈夫じゃない！　絶対だいじょばないからあぁぁ～～!!」

「あはは、ついてきてー♪」

そこでローブを乱雑に脱ぎ捨てると、サリエルは翼をはばたかせて上昇していく。

「ちょっ!?　どこいくのぉー!?」

「ほとりを回るより、湖の上を飛んだほうが早いよー？」

いや飛べねーから！

翼ないし!!

「あー！　待って待って待って～～!!」

完全にパニックになって慌てふためく私。ぴょんぴょんと飛び跳ね、サリエルの細い足首をつかもうと懸命に腕を伸ばす。

そのときだった。

不意に、地鳴りがした。

——ズウウウウゥン……！

——ズウウゥン……！

——ズウゥン……！

「な、なななな⁉　なんの音っ⁉」

「あー、この音はたぶんねぇ——」

サリエルが答えようとしたまさにその瞬間、湖の遥か向こう側に現れたのはあまりに巨大すぎるシルエットだった。

「ばわわわわっ⁉」

——ズドオオォーン！

——ズドオオオォーン‼

徐々に大きくなる地響きが、立ち昇る湯気を散らしていく。やがて蒸気で朧気だったその姿は明らかとなって、私の視界のほぼすべてを埋め尽くした。

「ひえええええぇぇぇっーー!?」

簡単に形容するならば、それは〝真っ黒な鎧を身にまとった巨人〟だった。

あの特殊体のコカトリスだろうとも、これにかかれば一瞬で踏み潰されて終わる。それほどまでにとんでもない巨躯が、眼前の景色の中でそびえてた。

「だ……だだだ、だっ……！」

「だぁー？」

「だ、だだだからいわんこっちゃないーーー!!」

はい、どう見ても階層ボスです。

本当にありがとうございました。

「あー、やっぱり〝守護者〟だねー♪」

腰が抜けてヘナヘナと座りこむ私の隣にシュタッと着地するサリエル。彼女はそのままのんきに続ける。

「あの魔人さん、いつもは大人しく座ってて動かないんだよー？　今日に限ってなんでかなー？あ、そっか！　人間のエミカがいるからだね～、あははー♪」

「わ、笑ってる場合かぁー!?　ど、どどうすんのさ、あれっ！　ドスンドスンって確実にこっちに向かってきてるじゃんかっ!?」

「エミカが倒せばいいと思うよー？」

「はあっ⁉　無理に決まってるでしょうが！　こちとら木級だぞー⁉　底辺冒険者ナメんなぁー‼」

――ズッドオオオオオォーン‼

「ひぎいいぃぃー‼」

すでに鎧の巨人は湖の対岸にまで迫っていた。しかも、あの巨体である。いつ攻撃をしかけてきたとしても、もうおかしくはなかった。

「ひえぇぇー、きてるきてるきてるってー！　もうサリエルなんとかしてえぇぇぇ〜〜‼」

「えー？　煙突で殺生するとお父さんたちに怒られちゃうんだけどなぁ……。う〜、でも、今日はしかたないかー」

サリエルはそこでゆるゆると片腕を突き出した。次の瞬間、彼女の前方の空間に、巨大な赤い魔方陣が浮かび上がる。

「え？　こ、これって……？」

「エミカー、危ないから後ろにいてね〜」

のほほんとした喋り方を一切変えず、サリエルが私に注意を促す。その最中にも魔方陣からは無数の光の糸が生まれていた。

――シュルシュルシュルシュル。

――シュシュシュシュ。

それらは螺旋状に連なり次々に紡がれていくと、瞬く間に〝巨大な光の矢〟となって湖上に出現した。

「ヴオオォォォォオオオオオオオオッッッーーー!!」

魔力に感化されたのか対岸の巨人が雄叫びをあげる。

同時、天使は囁(ささや)いた。


「百花繚乱(フラワーズ)――」


その言葉を合図に、光の矢は湖面を滑り、奔(はし)り出す。

――シュピイイイィィィィン!!

まさに光のスピード。

矢は一瞬で対岸にたどりつくと、巨人の胸のド真ん中を貫いた。

「ブボオオオオオオオオォォォッーーー!?」

次の瞬間、胸部にできた穴から眩(まばゆ)い光が溢れ出すと、そこから次々に花が咲きはじめた。

――ポンポンポンポンポンポン!

瞬く間に花弁は鎧を侵蝕(しんしょく)し、巨人の身体を彩り豊かに覆っていく。

赤、青、黄色。

緑に紫。

ピンクにオレンジ。

黒い鎧を苗床に、信じられない速さで開花していく。

「ふぇぇ……」

気づけば、もう対岸に巨人の姿はなかった。

そこには巨人の形をした花の塊が、ただ、咲き誇るばかり。

「いっちょあがりー♪」

そう言ってこちらを振り返ると、サリエルは笑顔で安全を宣言した。

「エミカー、もう大丈夫だよー♥」

「…………」

ヤバい。

この天使、マジ強ぇ。

27. 天使の恩返し

階層ボスが花々に変わると、ダンジョンには静けさが戻った。

不気味な色の大地の上に立ってなんでこんな場所に私を連れてきたのか、その理由をあらためてたずねると、サリエルからはお礼のつもりだったという答えが返ってきた。

「あのさ、地下九十九階層を観光とか、人間にとってはただの地獄めぐりだからね……」

「んー？」

それがどれだけ危険な行為だったか、懇切ていねいに説明すると、天使は翼をシナシナと萎ませてわかりやすく落ちこんだ。

「ごめんねぇ……」

「いや、無事だったし。もういいよ」

根に持たず、サリエルの謝罪を受け入れる。

ま、悪気があったわけじゃないのはわかってるし。

「てか、そもそもお礼なんていらないよ。私が勝手にやったことだもん」

「でもー、天使は何者にも借りを作っちゃいけないって、お父さんたちに言われてるからー。うーん……あ、そうだー♪」

しばらく考える仕草をしたあとで、ぱんっと手を打つと、サリエルは自分の翼から羽根を一本毟(むし)った。ブチッ、という音とともに虹色に輝く血（？）が、ぴゅーっと飛沫を上げる中、彼女は平然とそれを差し出してくる。

「なんか勢いよく出てるけど……大丈夫なの、それ？」

「平気だよー。そのうち止まるしー」

「そ、そう……」

やっぱ赤くはないけど血みたいだ。どうやら羽根の一本一本にまで血管が通ってるらしい。

「くれるの？」

「うんー！」

これ以上天使の生態に詳しくなるのもどうかと思うので、私は大人しく羽根を受け取ることにする。

「もし困ったことがあったらね、あたしの名前を呼びながらその羽根を放り投げてー」

「えっ、そしたらどうなるの？」

「あたしが颯爽と駆けつけて、エミカの悩み事を解決するよー！」

「…………」

なんて危険なアイテムだ。

一生使わないでおこう。

「それじゃエミカー、またね〜♪」

「あ、うん……」

地上一階層の大通路に戻してもらった直後、サリエルとはその場ですぐに別れた。

「寄り道しないで帰りなよ」

「あはー♥」

彼女が空間を転移して消えたのを見届けたあとで、私も地上に帰ってその日の仕事に取りかかった。

「やれやれ、ほんとひどい目に遭った……」

そして、知ってはいけないことをいっぱい知ってしまった気がする。

ただちに昨日今日のことは記憶の片隅に封じてしまおう。幸い私はどんな嫌なことがあっても、寝て起きれば大抵のことは忘れちゃうタイプだ。しかも現実から目を逸らすのは得意中の得意ときた。

「あ、でもこれ、どうしよう……」

天使と出会った事実を証明する証拠品。それが私の手元に残ってしまっている。

サリエルの羽根、持ってたらまずいかな？　いっそのこと、どっかに捨てたほうが……いや、でもせっかくの厚意を無下にするのはなぁ……。あ、そういや〝凶鳥の羽根〟は三十万ぐらいで売れたんだっけ？

あっ！　んじゃ、この〝天使の羽根〟も、もしかしたらっ⁉

「…………」

いや、売りませんよ?

売りませんけども、ほら私、借金が二億もありますし、ね? 何かあったときのために自分の資産状況とか把握しておかないとまずいじゃないデスカー。

うん、売らない。

マジで売らないよ。

人（天使だけど）の厚意とか、絶対に売っちゃだめ。

売ったりとかしたら最低だし。

だから、ちょっと価値を調べるだけだよ。

ほんとほんと、ほんとだよ?

「フッフッフ……」

そんなわけで、天使との一件があってから三日後だった。邪心に勝てずそんな答えを出した私は、昼の暇な時間を利用してギルドに向かった。

「ん、なんだなんだ?」

ギルドの入口に見慣れない馬車が停められていたので、私は思わず立ち止まった。どこぞの貴族様が乗ってるような立派な代物で、車体には金細工などの高価な装飾が施されていた。

こんな高そうな馬車に乗るなんて、一体どんな冒険者だろ? 気に留めつつ、私は建物の中に入って受付に向かった。

「やー、ユイ」

「…………」

「いい天気だねー」

「…………」

頼りにすべきは幼なじみの法則の下、朗らかに声をかけるも完全に無視される。

受付の机を見ると書類が山積みになっていた。タイミング悪いときに声かけちゃったかな。ま、理由はそれだけじゃないってのはわかってるけど。

「あ、あのぉ～……」

「何？　今、忙しいのだけど」

そこでようやく不機嫌な眼差しながらも目を合わせてくれた。

温泉噴出事件以来、ユイはずっとこんな感じで私に対してとげとげしてる。私が十割で悪いのはもちろんわかってるけど、いい加減そろそろ許してほしいところだ。

でも、事件の直後ぐらいに改めてごめんなさいしたら、「それは何に対して謝っているの？」って真顔で訊かれてうまく答えられなかったんだよね。てか、そのせいで余計に怒らせちゃった感じさえある。

「ねえ、ユイ……前からずっと思ってたんだけどさ」

たぶん今また謝っても結果は同じだ。なので、ここは押してダメなら引いてみよう作戦を発動してみることにする。

黒はこの世界で特別な色。

ほめられて悪く思う人はいないはずだった。

「今日も、とってもきれいな黒髪だね！」

「――っ⁉」

あ、ダメだ。失敗したっぽい。

見る見るうちにユイの顔が赤く染まっていく。耳まで真っ赤になってるところを見ると、また相当怒らせてしまったみたいだった。

「な、ななななんなのよっ⁉　いきなり変なこと言って！　ふ、ふざけないで……よ、よよ用事があるなら早く言いなさいよ‼」

「あ、うん」

ユイは伏し目がちに毛先を指でいじりながら、なぜかとても落ち着かない様子だった。

うーん、よくわからん幼なじみだね。ま、深くは考えないでおこう。とりあえず結果オーライで用件は聞いてくれるみたいだし。

「これの値段を知りたいんだよねー」

「か、かか貸しなさいよ！」

その場でサリエルの羽根を手渡すと、すぐにユイはアイテム鑑定のスキルを使って調べてくれた。

「あれ？　変ね……」

でもその直後、表情を曇らせると彼女は首を傾げながら言った。

「この羽根、いくら調べてもなんの情報も出てこない……」

「それだけ価値のないアイテムだってこと？」

「いいえ、そういうわけではなく……道ばたの石ころを鑑定したとしても〝石〟という結果は出るのよ。単純に、私のスキルレベルが足りないだけかしら？」

「ユイでダメなら誰が調べられる？」

「アラクネ会長に調べてもらうのが確実だけど、今、接客中なのよね」

ユイの話では、先ほど〝王立騎士団〟のお偉いさんたちが会長に話があると突然やってきたらしい。

「なるほど、外の馬車はそれでか」

それにしても、王立騎士団とは。

さすがはアラクネ会長。すごい人たちが訪ねてくるもんだね。

そんなふうに感心してると、ちょうど奥の通路からアラクネ会長が威風堂々と歩いてくる姿が見えた。どうやら面会は終わったみたいだ。その背後には重厚な鎧を身にまとった騎士様数人の姿も見える。

一団は会長に導かれるようにしてそのまま受付窓口のほうにやってくると、突如として私とユイのところで立ち止まった。

ん、なんだ？　アラクネ会長、ユイになんか用でもあるのかな。ならちょうどいいや、ついでにこっちの羽根の件も――と思った矢先、会長は私を指差しながら背後の騎士の人たちに向かって言った。

「団長さん、あなたたちが探してる冒険者はね、この赤髪の子よ」

「な、なんと！　まだ子供ではないかっ⁉」

「ふぇ？」

団長さんと呼ばれた白い髭を蓄えたおじいさんは、こちらを見るや否や、カッと目を見開いた。老年にもかかわらずなんて眼光だろう。あまりに突然だったこともあって、私はただ萎縮するしかなかった。

「ふぇぇ……」

「あ、いや、ゴホン……！」

それでもこちらの動揺を察してくれたのか、すぐに姿勢を正すと、騎士のおじいさんは謝罪の言葉を口にした。

「これはとんだ失礼をいたしました」

「……あ、いえいえ！」

よくわかんないけど、なんか冷静になってくれたみたい。一瞬怒られるのかと思ったけど、そうでもないみたいだし、ほっと胸を撫で下ろす。

だけど、次の瞬間だった。

――シュタ。

「へ？」

何を思ったのか、引き連れていた他の若い騎士様とともに、おじいさんは私の足元に跪いてきた。

「あ、あの……？」

小娘一人に平伏す、王立騎士団一行。異様なその光景に、昼時で賑わってたギルドも水を打ったようにシーンと静まり返った。

「ちょっとエミカ……今度はあなた何をやらかしたの？」

「し、知らないよー！」

ユイが受付越しから非難してきたけど、私も何が何やらだ。

そうだよ！

こんな状況、思い当たる節なんてあるわけ――――！

「お迎えに参りました。エミカ・キングモール様、いえ」

それでも、騎士のおじいさんが発した次の言葉に、私は頭から爪先までピキーンっと氷像のように固まった。

「偉大なる、五人目のダンジョン攻略者様」

――あっ。

幕間　～迷宮観測室～

約五百年前のこと。

人類史上最初のダンジョン攻略者となった初代国王ハインケルは、東西南北にそびえる四つのダンジョンの中心地に神が造りし遺跡を発見した。

調査を行ない遺跡の計り知れない価値を理解したハインケル王が、その直上に城塞を築くよう臣下に命じるとともに周辺地域の開発も進められた。何もなかった荒野に続々と集落ができはじめ、点と点が結ばれるようにして大きな街を形成すると、やがてその地は栄華を極めた都市へと発展を遂げていくこととなる。

新生の都ハインケルート――現在の、王国（ミレニアム）の王都である。

初代国王の名に因（ちな）んだその地には今も尚、王都を遷（うつ）す根源にもなった神の遺跡は朽ちることなく在り続けていた。

遺跡は〝観測室〟と呼ばれ、昼夜を問わず王立神創遺物研究所の研究員が常時監視業務に当たっている。数百年間途切れることなく続く、観測業務だ。それはアリスバレー・ダンジョン地下九十九階層で守護者（ガーディアン）を滅するため、天使サリエルが魔法を放たんとした瞬間も例外なく行なわれていた。

神が造りし遺跡。そこで起こる異変を見逃さんがために。

「暇だ」

その日、歴史的な人類五度目のダンジョン攻略の目撃者となる若い研究員は、欠伸(あくび)を嚙(か)み殺(ころ)していた。監視は基本一人で行なう決まりである。そのため話し相手もなく、彼は昨夜からいつものように長く孤独な時間を過ごしていた。

「はぁ……」

ため息を一つ挟み持ち込んだ椅子に座り直すと、目前に広がる地図をただジッと眺めるだけの業務へと戻る。正直、誰にでもできる容易な仕事だ。だが、男が監視するそれはただの地図ではない。

世界の縮図(ミニチュア・ガーデン)――初代国王によってそう名づけられたそれは巨大な立体模型地図であり、ハインケルートを中心に、広範囲に亘(わた)って世界の在り様を観測できる神創遺物だった。

寸分違わず示される地形。

流れる河川にそびえる山脈、森林に草原に荒野に砂漠。

それはさらなる領土拡張を狙っていた王国(ミレニアム)にとって非常に有益な情報を齎(もたら)すものだった。

しかし、世界の縮図(ミニチュア・ガーデン)の真(まこと)に驚嘆すべき点はそのリアルタイムにおける精確性にこそあった。

五百年前、遺跡が発見された当初には王都ハインケルートは当然のことながらまだ存在せず、地図の中心部には平らな大地と、針のように突き出た迷宮(ダンジョン)の尖塔(せんとう)が東西南北に四ヵ所存在しているだけだった。だが、徐々に築城が進み街が形成されていく日々の中、立体模型地図にも現実の分だけ絶えず等しい変化が起こり続けた。

つまり、世界の縮図（ミニチュア・ガーデン）はより不変的な地形だけを反映する従来の地図とは異なり、世界の在りのままの姿を映し出す鏡そのものなのだ。

「あー、早く交代の時間になんねーかなぁ……」

現実に合わせ、刻々と変化する巨大な模型地図。初めて目にする者にとって、興味が尽きることはないだろう。

しかし、一夜で城塞や都市が築かれるわけでもない。目視できる変化はわかるかわからないか程度の微々たるものであり、見飽きてしまえばただの巨大な模型に過ぎないというのもまた一つの事実であった。

「てか、この仕事、本当に意味あんのかねぇ……」

唯一、今後〝観測室〟で急激な変化が起こるとすれば、それは世界各地に点在するダンジョンのどれかが攻略されたときに他ならない。

そう。

この部屋は、迷宮を観測する部屋。常時研究員を駐在させている理由は一つである。ダンジョン攻略者の出現を逸早（いちはや）く察知するため。

だが、しかし——

「だってよー、前回の四人目の攻略者が出たのって、もう二十年も前の話なんだろ？」

五百年間でたったの四回。

その年月と回数が、若い研究員に疑念を抱かせる。自分が生きているあいだに五人目は現れないのではないか、と。

「たく、次は何十年後になるんだよ……。はぁ～」

しかし、また男がため息を吐いた次の瞬間、異変はなんの前触れもなく唐突に訪れた。

「へ？　うわ、眩(まぶ)しっ――!?」

目が眩むほどの光だった。

直後、若い研究員は世界の縮図(ミニチュア・ガーデン)が燦然(さんぜん)と輝いている光景を目の当たりにし、理解する。

「おいおい嘘だろ!!　こ、これってまさか……あっ！」

すぐに驚いている場合ではないことに気づき、男は慌てて報告に向かった。研究所は〝観測室〟の出口を進んだ先、隣接した場所に存在する。まだ朝の早い時間ということもあり不安だったが、所長室の明かりを見て男は安堵した。

「た、大変ですっ!!」

現場の最高責任者である所長と数人の研究員を連れて再び〝観測室〟に戻ると、発せられていた光は先ほどよりも弱まっていた。

「見ろ、あそこ！　王都から南西のダンジョンだ!!」

若い研究員の同僚が指差した先では、針のように突き出たダンジョンの先端から光がまっすぐ上に向かって伸びていた。

「ローディス方面ということは……アリスバレーか!?」

「はい！　攻略されたのはアリスバレー・ダンジョンのようです‼」

「皆、今はそれよりも天井を見よ！　二十年振りの〝神の恩恵〟じゃ‼」

老いた所長が歓喜をはらんだ声を荒らげる。遺跡の天井部では光で描かれた文字や図形が次々に浮かんでは消え、明滅を繰り返していた。

「失われた古代の技術じゃ！　研究員総出で書き写すんじゃー‼」

「しょ、所長……あれもですか？」

若い研究員が最初に目にした天井の中心部には、人物と思(おぼ)しき人の名前と謎の十三桁の数字が躍っていた。

何かの意図があるのだろう。白い光で埋め尽くされた天井部で唯一、なぜかそこだけは赤い光の文字で特に目立つように記されていた。

「おおっ、あれこそまさしく人類五度目となるダンジョン攻略を果たした御方の名前である！　数字は冒険者の証(あかし)であるギルドカードの番号じゃ、決して間違いのないよう記録するんじゃぞ‼」

「は、はいっ‼」

所長に命じられた若い研究員は、まず真っ先に『エミカ・キングモール』というその名を自らの手帳に書き写した。

プロローグのエピローグ

突然だけど、しあわせってなんだろ？

お金持ちになって、豪邸に住んで毎日おなかいっぱい美味しい物を食べること？　それとも、すごいことを成し遂げてみんなからちやほやされること？

んー。それも悪くないけど、私はね、一番のしあわせって帰る場所があることだと思う。

だって、それだけで辛いことや悲しいことがあっても耐えられるし、嬉しいことや楽しいことは家族とわかち合えば何倍にもふくらませられる。

だから、それを最初から持ってた私は生まれながらのしあわせ者だって話。

ただ、それに気づけたのはごく最近のような気もするけど。

「そんなの昔からわかってたはずなんだけどなぁ……」

なんて、街外れにある我が家の小さくも偉大な扉の前で一人呟きながら、私は目の前のノブに手を伸ばす。

——ガチャ。

「ただいまー」

「あ、おねーちゃん!!」

背後は一切振り返らず急いで後ろ手で扉を閉めると、居間でお絵かきをしてたリリがいつもどおり私に飛びついてきた。熱烈な歓迎を受け入れ、下の妹を宙ぶらりんに抱っこしたままノシノシと室内を進む。

「エミ姉、おかえり」

リリのはしゃぐ声で気づいたシホルもすぐに台所から居間のほうにやってきて、私を迎え入れてくれた。

「今日は早いんだね」

「あ、うん。ちょっと、色々あって」

さて、なんと説明したらいいものか。もう無茶はしないって約束した手前、話を切り出し難いってレベルじゃなかった。

てか、正直に話したら怒るかな、シホル？

やだなー、怒ると怖いんだよなぁ、シホル……。

「ご飯までまだ時間あるけど、おなかは？」

「いや、今はちょっとそれどころじゃないというか」

「え？」

「あ、いや……んじゃ、のど渇いたからなんか飲み物もらえる？」

「わかった。お茶淹れるね」

「リリもてつだうー！」

くっついてた私の身体からぱっと飛び下り、リリもシホルの後について台所へとダッシュしていく。

そんな姉妹の背中を見送りつつ、私は玄関側にこっそりと視線を戻した。

「…………」

その扉の向こう側では、現在進行形で重厚な鎧を身にまとった兵士一団がズラリと姿勢正しく整列中。まず家族にきっちり説明させてほしいという私の意向を汲んでもらった結果、王立騎士団のみなさんには静かに待機してもらっている状態だった。

「おまたせ」

「おまたせー！」

温かい紅茶はすぐに運ばれてきた。

「ありがとう」

まずは一口飲んで香りを楽しみつつ、小休止。

うん、美味しいね。

やっぱ最愛の妹たちが淹れてくれるお茶は最高だ。

問題を先送りにするタイプらしく、とりあえず今はこのささやかなしあわせを噛み締めていよう。待たせちゃってる王立騎士団のみなさんには悪いけど、私は完全にゆるみ切った顔で「ぷはぁ～」と心穏やかに息を吐いた。

番外編：マザーズ・エンドロール

0

そして　みやこにかえってきた　おうじさまを
ひとびとは　ばんらいのはくしゅでむかえ
ゆうかんなかれを　こうよびました
いだいなる　はじまりのぼうけんしゃ　と

1

「めでたし、めでたし」

「わー、おうじさまかっくぃー！」

夜。子供たちのベッドの脇で絵本を読み終えた私は、「ぷはぁ～」と息を吐いた。これで朗読も三周目。同じ内容とはいえさすがにちょっと疲れてきた。

「ねー、おかあさん！　もっかいもっかい!!」

「ふぇぇ～、またぁ？」

下の子は一周目の途中で眠ってしまった。上の子はお昼寝が十分だったのか、まだまだ今夜は元気いっぱいだ。

「エミカはそんなにこの本好き？」

「うん！　わたしね、おっきくなったらぼうけんしゃになる！」

「…………」

かれこれ百回は読み聞かせている絵本『はじまりの冒険者』は、我が家の長女様お気に入りの物語だ。

んー、というかこの内容に惹かれるってことは、やっぱ血、なのかな……？　あえて教えてはないし過去形ではあるけど、娘たちの父親も冒険者だった。

「そんでねそんでね～、おうじさまみたいにえいゆうになるー！」

「えー」

いくら子供の発言とはいえ、娘の父親が冒険者として亡くなったことを考えると不安になる。冒険へと駆り立てるその想いが、将来この子を傷つけ悲しませはしないだろうか。

「だからはやくごほんよんでー！」

「あー、はいはい……。むかしむかし、あるところに一人の勇敢な王子様が――」

あのね、エミカ。あなたは英雄になんてならなくていいんだよ。ただ健やかに、良い子に育ってくれればそれだけで、もう十分。お母さんは他に何も望まないよ。

「もっかいもっかいー！」

「ふぇぇ～、もういい加減寝ようよぉ……」

でも、そんな母の心は子知らずだった。四周目の朗読を終えてすぐ、上の子は間髪を入れず五周目を要求してきた。ほんとどれだけ好きなの。

2

私はこの街――アリスバレーで孤児として育った。

両親の顔も愛情も知らない子供だった。生きるためには泥水だって啜る。そんな生活を物心ついた頃より送ってきた。と、まーそんなどこにでも転がってるようなありふれた出生だ。特に悲観するようなことでもない。

職を転々として街のいろんなとこで働いたけど、根無し草生活も別に楽しくなかったわけではないし、かけがえのない親友にも恵まれた。少女時代を振り返れば、スタートのわりには悪くないそれなりに厳しくも平穏な日々だったと思う。

そんな平凡とも言える私の人生の転機は、やっぱあの人に出会えたことだろう。

短期契約でギルドの酒場で働いていた私を、あの人はガチガチに緊張した様子で口説いてきた。あとに訊いた話によると完全な一目惚れだったそうな。

冒険者なんて荒くれ者ばかりで、隙を見せればすぐ胸やお尻を触ってくるような変態どもの集まりだと思っていたけど、あの人は他のいやらしい冒険者とは少し違っていた。あまりにもたどたどしい告白に思わずおなかを抱えて笑ってしまった私を見て、彼は怒りもせずただ元から赤かった顔をさらに真っ赤に染めていた。

さすがに悪いことをしちゃったかな？　そんな罪悪感もあり、ためしに一日だけ付き合うことを了承した私は、翌日あの人と初めてのデートをした。

最初は性格も顔も含めて、ものすごく平凡な人だなぁと思っていた。冒険者としても平均的なランクらしく、まーそこそこのソロプレイヤーだとか。

だけど、なぜか不思議と話していて退屈はしなかった。優しく朗らかな彼に私は少しだけ興味を持った。

それから毎晩、あの人は酒場にきては私をデートに誘うようになった。親友のテレジアからは「安い女に見られちゃダメよ」とアドバイスを受けていたので、二回目以降は素っ気ない態度で断ってみたりもした。それでも、彼はめげることなく毎夜毎夜不慣れな口説き文句と花束を用意しては私の前に現れてくれた。

そのままそこそこの紆余曲折(うよきょくせつ)はありつつも私たちは無事結ばれ、すぐに子供にも恵まれた。私は悩むことなく一人から二人——いや、一人から三人になることを選んだ。

エミカが生まれてからあの人は冒険者として一層働くようになり、二年後シホルが生まれるとさらにより一層働くようになった。

しかし、平均的なソロプレイヤーが三人の妻子を養うには、相当な無茶をしないといけなかったらしい。シホルが生まれて数ヵ月後だった。あの人はダンジョンの奥地で帰らぬ人となった。

家を出る前、愛おしそうに娘たちを抱き上げる父親。結局、遺体は見つからず、私が最後に見た彼の姿はそれになった。

しあわせの絶頂から奈落のどん底へ。そんな心境といっても足りないぐらいだったけど、私は妻であると同時に母でもあった。だから、わんわんと泣いてなんていられなかった。

もしものときはこれを。遺言のとおりあの人が収集していた魔道具を売ることで、しばらくは食(く)い繋(つな)ぐことができた。

そして、やがてシホルが離乳期を迎えたところで、私は再び街に働きに出るようになった。いろんな仕事を転々とする中、生活は厳しく子育ても大変だったけど、娘たちの成長を見られることはこの上ない喜びだった。

父親がこの子たちの成長を見られない分、私が。

あの頃は、そんな思いも強かったと思う。

3

あの人が亡くなって幾年かの月日が流れた。その頃になると、娘たちは勉強を習うためそろって教会まで通うようになった。親友のテレジアからのありがたい申し出だった。

一体どういう伝手やコネがあったのか不明だけど、テレジアは街の教会で修道女を務め、そこで身寄りのない子供たちを引き取るようになっていた。一度見学したところ教会とは名ばかりで、実態は孤児院でしかなかった。

まー、そもそもあのテレジアが神様に祈るなんてちょっと想像できない。きっと修道女になったのもただの手段であって目的ではないんだろう。お互い孤児として苦労した幼少期を思えば、彼女の慈善的な行動もよくよく理解できた。

「教会にいるときの娘たちはどんな感じ？」

「エミカもシホルもとっても良い子よ。誰に似たのか不思議なくらいにね」

「えっへん！　それは当然わた――」

「ない。それはないから」

「えー」

母の血を食い気味に否定されたけど、テレジアによると娘たちは教会の子たちとも馴染んでいるそうだ。女の子だし意地悪とかされてないかなぁ。そんな心配もただの杞憂に過ぎなかった。それどころか反対にエミカが男の子たちを追い回してるぐらいだとか。

「その辺はあなた似よ」

「えー」

散々嫌味を言い合う仲ではあるけど、正直テレジアには感謝しかなかった。私の娘たちだけでなく、彼女のおかげで大勢の子供たちが救われていた。

「エミカ、勉強は楽しい？」

「うん、楽しい！　かくれんぼでしょ、かけっこでしょ、あと冒険者ごっこもー！」

「おぅ……」

それは遊びだよ？

どうやらエミカはあんまりお勉強が得意ではないらしい。そういえば「エミカは宿題をやってこない常習犯だ」とか、こないだテレジアも言ってたっけ。んー、これはさすがに少し叱ったほうがいいのかな……？　いや、でも、何かの天才になる必要はない。ただ健やかに、良い子に育ってくれさえすれば母として他に望むものなんてない。その思いは今だって変わってなかった。

というか、そもそも私は怒れない母親だった。躾けようにも、娘たちの顔を見ているとただ無性に抱きしめたくなってしまう。

「ぎゅ～！」

「あはは、くすぐったい！」

「もー、お母さん……」

仕事から帰ってきて子供たちを抱きしめると、いつもお日さまの匂いがした。日中、元気に外を駆け回っている証拠だ。

「お母さん、おなか減った！」

「はいはい。すぐご飯にしましょうね」

「わたし、今日もお手伝いするね」

最近は次女のシホルが料理を率先して手伝うようになってくれていた。どうも下の子は料理の才能があるらしく、一度教えたことはすぐできるようになった。正直、もう腕は私と大差ないどころかすでに上をいっているっぽい。

その証拠に、こないだなんて「料理で一番難しいのは『切る』でも『焼く』でもなく、『混ぜる』なんだね」とか私にはわからない深いことを言ってた。うん、お母さんが教えることはもうじき何もなくなりそうだね。

「エミ姉、できたよー」

「おー、いい匂い！」

「それじゃ、冷めないうちにね」

いつも夕食は家族団らんの時間だった。今日も笑い合って食卓を囲む。幸福な人生の中で、一番しあわせな時間。

その頃はまだ、こんな日々がずっとずっと続くんだと思っていた。

4

身体の異変を感じたのは、晩ご飯の準備をしている最中だった。

急に胸の奥に痛みを感じた。寝れば治るだろうと思っていたけど、体調が改善することはなかった。

日に日に胸の痛みが悪化していく中、娘たちから相談を受けたテレジアが薬師を連れて家にやってきてくれた。

ただのケガであれば魔術で癒せる。しかし、病気は薬でしか治せない。診察した薬師はそう説明したあとで私の不調の原因は心臓の病にあると言った。それは命にかかわるほどの重いものらしい。また、明確な治療法はなく、現状では痛みをやわらげることしかできないそうだ。

与えられた調合薬を煎じて飲むと、薬師の言ったとおり身体を起こせる程度には痛みは引いてくれた。

「いやー、まいったまいった。昔から身体だけには自信があったんだけどなぁ」

「そうよね。エミナは昔から胸だけは大きかったものね」

「いや、そっちの意味ではなく……」

こんなときにまで冗談を飛ばしてくるなんて、実にこの親友らしい対応だった。彼女は私を励ますなんてことは一切せず、そのあとも私を笑わせようとしてくれた。

「ねえ、テレジア。もし私がダメだったら、娘たちのこと頼んでもいい？」

「頼む必要すらないことだわ。でもね、私はエミナみたいに甘くないから過保護にはしないわよ。というか、そんな余計な心配している暇があったらさっさと元気になりなさいよね。おなかを痛めて産んだ子たちなんだもの。本当は私になんて取られたくないでしょう」

「うん、そうだね。あの子たちは、誰にも取られたくない。でも、ありがとう。テレジア」

その日、私は親友に心からの感謝を口にした。思えば、長い付き合いの中で初めて言ったかもしれない。

それだけ、私たちの関係はずっと近しく親しかった。

「お母さんっ！」

「わたし、もっとお薬作ってくる！」

「二人とも……だ、大丈夫だから……」

痛みをやわらげる薬も、使い続けていると徐々に効果を失っていった。再びまたベッドから起き上がれなくなって、私は完全に病に伏してしまった。そして、やがて痛みを感じないほどに衰弱し、最後には意識まで薄れていった。

ああ、これはもうダメそう……。

なんて呆気ないことか。少し前まで、あんなに元気でしあわせだったのに。

虚ろな意識の中、かすかに娘たちの声とその小さな温もりを感じた。どうやら二人は私の手を握ってくれているみたいだった。

ほんとにごめんね。今際の際、私の心を占めていたのは自責の念だった。

もう守ってはあげられない娘たち。二人のこれからは一体どうなることか。

妹のシホルは料理ができるし、もう家事全般もこなせる。それに、歳のわりにしっかりしているし、おそらく心配はないだろう。

だけど、姉のエミカはちょっと心残りだ。まだ冒険者になる憧れは持ち続けているみたいだし、私が怒らなかったせいか少し後先を考えない子に育ってしまったところがある。

――お母さん、お母さん！

辛(かろ)うじて残っている意識を集中すると、まだ私を呼んでいるエミカの声がはっきりと聞こえてきた。

エミカ。

この子は将来、どんな大人になるのかな。

お母さんはもうその成長を見守ることはできないけど、どうか、私の分も正しく生き――

暗闇。

そこでプツリと、私の意識は暗転した。

5

気づけば真っ暗な場所に立っていた。

辺り一面、不気味なほど静かな闇に包まれている。どうもここが死後の世界らしい。思った以上に空虚で、何もない場所だった。そして、どう見ても天国っぽくはなかった。生前の行(おこ)ないが悪かったせいだろうか。

でも、それもそうだ。まだ小さな娘たちを置いて無責任にも死んでしまったのだから、当然の罰なのかもしれない。

「どっちに行けばいいのかな……」

しばらく暗闇をトボトボ歩いていると、向こう側から子供の泣き声が聞こえてきた。わんわんと泣いている。もしかしたら娘たちかもしれない。

歩みを速めて進むと、闇の向こう側に小さな光が現れる。近づくと、それはやがて小さな女の子の姿に変わった。

「わあぁ～ん！」

三歳ぐらいだと思う。そのきれいな金髪の頭上には同じく、金色に輝く〝輪っか〟が乗っていた。どうやらそれが光源となって私をここまで導いたようだ。女の子はこちらに目もくれず未だに泣いていた。

どうしたの、大丈夫？　もしかしてお母さんと、はぐれちゃった？

そんな心配する気持ちとは裏腹に、私はそれ以上その女の子に近づくことができなかった。自分の意思に従わず、足が前に行かない。まるで見えない透明な壁があるみたいだった。

泣いている小さな子供を前にして、どうすることもできない。

そう。その原因は、すでに私が死んでいるから。この見えない壁の隔たりは、生者と死者をわける境界線なのだ。私はそれを不思議と本能で悟った。

お願い。誰か、あの子を助けてあげて……。

声も発することのできない行き止まりの世界で、私はただ願うことしかできない。

ああ、そうか。

きっと、これが罰なのだ。

まだ小さな娘たちをあちらに残して死んだ、私の――


「――どうしたの？」


神様。

それは私が死してようやく、その存在に戦慄した瞬間だった。

私の内側から何かがすり抜けたかと思えば、それはあっさりと境界を越えて歩き出す。

炎のように真っ赤な髪。

見覚えがあった。

いや、そんなの実の娘なのだから当たり前だった。

それは、エミカだった。

「ほら、もう大丈夫だよ。だから泣かないで」

エミカは小さな女の子の手を取ると、すぐにその場から連れ出した。そのまま奥のほうへと歩き出す。

同時に、まるで卵の殻が割れるようにだった。闇が支配していた空間のすべてにビキビキと罅(ひび)が入っていく。

燦然と、その隙間から漏れ出す光彩。

二人の子供は眩い光に呑まれ、さらに私からどんどん遠ざかっていく。

ああ。待って、行かないで。

弱い私の心が、一瞬そう思ってしまう。

そんな気持ちが届いてしまったのか、エミカは歩みを止めると、ゆっくりとこちらを振り返ってきた。

「お母さん？」

…………。

いや、ダメ。ダメなんだ……。

私はここまで。この先は見守れない。

だから、あの子を引き止めちゃいけない。

悲しいけど、さよならなんだ。

でもね、エミカ。

どうかこれだけは憶えておいて。

死んじゃっても、私はあなたたちのこと。

「ずっとずっと、愛してるから――」

エミカは、正しく育ってくれていた。

確信すると心が穏やかになり、鉛のように重かった身体も羽毛のように軽くなるのを感じた。

罅割れた天球が壊れ、黒い殻が完全に破られていく。世界が完全な光に満ちると、エミカたちの姿もまた完全に見えなくなった。

あの子に、私の最後の言葉は届いただろうか。

でも、もし届いていなかったとしても大丈夫だ。

泣いている小さな女の子に手を差し伸べた、あの子なら。

気づけば見渡すかぎり、死者の世界には色とりどりの花々が咲いていた。それが地平の向こう側まで永遠に続いている。心地良い風も吹いていた。その風に身を任せ、私は果てにある生者の世界と、そこで生きる娘たちのことを想った。

黒喪ぐら（くろも・ぐら）

東京都生まれ。2017年から小説投稿サイトで投稿を始め、本作でデビュー。

レジェンドノベルス
LEGEND NOVELS

もぐら少女のダンジョン攻略記

2020年11月5日　第1刷発行

［著者］黒喪ぐら
［装画］村山竜大
［装幀］ムシカゴグラフィクス

［発行者］渡瀬昌彦
［発行所］株式会社講談社
〒112-8001 東京都文京区音羽2-12-21
電話［出版］03-5395-3433
［販売］03-5395-5817
［業務］03-5395-3615

［本文データ制作］講談社デジタル製作
［印刷所］凸版印刷株式会社
［製本所］株式会社若林製本工場

N.D.C.913 255p 20cm ISBN 978-4-06-521766-5